作家榜®经典名著
★★★★★★★★
读经典名著，认准作家榜

东京物语

小津安二郎经典作品集

[日]小津安二郎 [日]野田高梧 著

张丽娟 译

浙江文艺出版社

目 录

东京物语 001

早春 153

东京暮色 327

译后记 遗憾方为人生 466

东京物语

> 1953年（昭和二十八年）摄制
> 松竹大船制片厂
> 现存剧本、底片、拷贝
> 14卷，3702米（135分钟）黑白
> 1953年11月3日公映

职员表

制片　山本武

编剧　野田高梧　小津安二郎

导演　小津安二郎

摄影　厚田雄春

美术　滨田辰雄

音乐　斋藤高顺

照明　高下逸男

录音　妹尾芳三郎

剪辑　滨村义康

角色	演员
平山京子	香川京子
服部修	十朱久雄
米子	长冈辉子
沼田三平	东野英治郎
杂烩店女老板 加代	樱睦子
公寓女子	三谷幸子
敬三的前辈	安部彻
美容院助手 喜代	阿南纯子
邻家主妇	高桥丰子

出场人物

平山周吉　笠智众
富美　东山千荣子
平山幸一　山村聪
文子　三宅邦子
小实　村濑禅
小勇　毛利充宏
金子志希　杉村春子
库造　中村伸郎
平山纪子　原节子
平山敬三　大坂志郎

1　尾道

七月上旬的某个清晨。
海岸大街的早市一派热闹景象——尾道的市区沿着这条海岸街向山那边延展开来。

2　山脚下的小镇

小巷对面的大马路上,走着上学的孩子们。

3 平山家

屋子里,男主人周吉(70岁)和老伴富美(67岁)正做着出行准备,富美开心地打包行李,周吉在查看火车时刻表。

周吉　坐这趟车的话六点就到大阪了。

富美　是吗?那敬三也刚好下班啊。

周吉　嗯,他会去接站吧,已经拍过电报。

小女儿京子(23岁,小学教师)从厨房方向过来。

京子　(拿出个包裹)给,妈妈,拿着便当——

富美　啊,谢谢。

京子　(把自己的便当也装进提包)那,我先走啦。

周吉　对了,要是学校里忙,你就不用特意赶去车站。

京子　不忙,我会去的。反正第五节是体操课。

周吉　是嘛。

京子　那,咱们车站见。

周吉　哦。

京子　妈妈,保温瓶里有沏好的茶。

富美　是吗?谢谢。

京子　那我走啦。

周吉　嗯,去吧。

富美　路上小心。

京子在叮嘱声中离开。

4 玄关

| 京子走了出来。

5 胡同

| 京子穿过胡同走向大马路，路过的小学生向她鞠躬问好。

6 平山家

| 周吉与富美继续收拾东西，一边说着话——

  富美 气枕，你装进去了？
  周吉 气枕不是给你了吗？
  富美 我这儿没有呀。
  周吉 在你那儿呢，我不是交给你了吗？
  富美 是吗？

| 说着翻自己的行李包。
 这时，邻家主妇（48岁）正好路过窗外。

  主妇 早上好。
  富美 啊，早上好。
  主妇 今天启程吗？

富美　嗯,坐下午的火车。

主妇　哦。

周吉　到了这个年纪就想多看看孩子们呢……

主妇　真是令人期待啊,说不定东京的孩子们都等着急了。

周吉　可不是。外出这段日子,家里还请您关照一下。

主妇　好的,放心多玩几天吧——儿子闺女都这么有出息,令人羡慕啊。二位真幸福呀。

周吉　哎呀,还不知怎样呢。

主妇　这天气也不错啊……

富美　真是托了大家的福。

主妇　路上当心呀。

富美　谢谢。

| 邻居太太刚走过去——

富美　气枕,我这里没有呀。

周吉　不可能没有。你再好好找找——(正说着发现就在自己的行李包里)啊,有了有了。

富美　找见了?

周吉　嗯,在我这里。

| 随后两人又继续收拾行李。

7 东京

| 江东风光,能看到市镇上的工厂等建筑物——

8 空地

| 空地一角立着一块牌子,上写"内科·小儿科·平山医院"。

9 平山医院的诊疗室

| 这里看上去并不怎么宽敞。

10 通往二楼的楼梯

11 二楼

| 平山幸一(47岁,周吉的长子、文子的丈夫)的妻子平山文子(39岁)把孩子们的书桌等物品,搬去套廊角落里,然后用抹布擦了擦。
不一会儿,她拎着水桶下楼。

12 楼下

文子到了楼下。

13 厨房

文子放下水桶,穿上木屐,看了一眼浴池的灶口,又立刻上楼。

14 房间

文子进来的时候,次子小勇(6岁)正一个人玩着。

  文子 阿勇,真乖呢——

然后,她到走廊上,取下晾干的纱布和绷带出去了。

15 诊疗室

文子进来后便开始整理房间,这时玄关传来孩子的声音——"我回来啦。"
原来是长子小实(14岁,中学生)放学回来。

  文子 回来了。

小实露面。

小实　我回来啦——爷爷奶奶还没到?

文子　很快就到了呢。

小实往屋里走去。

16　二楼

小实上来后,看到自己的房间被清理了,不由得愣住了,他将书包扔到走廊的书桌上,气呼呼地喊起来。

小实　妈妈!妈妈!

文子拎着两张坐垫上来。

文子　怎么了?

小实　搞什么!干吗把我的书桌搬到走廊上!

文子　这不是因为你爷爷奶奶要来嘛!

小实　可是,我的书桌不搬出去不行吗!

文子　不搬出去这里能睡开吗?

小实　那我在哪儿做功课!

文子　在哪儿不行呢!

丢下这句话文子就下楼了。

小实气鼓鼓地跟下楼去。

17　楼下　厨房

│小实跟在文子身后到来。

　　　　小实　说呀，我在哪儿做功课呀！
│文子不搭理他，去了里面。于是，小实又跟了进去。

18　房间

│小实执拗地跟在文子身后进来。

　　　　小实　说呀！我在哪儿学习啊！
　　　　文子　烦死了！平时也没见你做功课！
　　　　小实　我就要做！现在就做！
　　　　文子　撒谎！偏挑这个节骨眼儿！
　　　　小实　那我不做总行了吧。不学习也没关系吧。啊，好开心呀。啊，真舒服呀。
　　　　文子　搞什么，小实！
│大门口传来汽车喇叭声。

　　　　文子　安分点，来了呢！
│说着出去了。
　小实也跟出去，但他进了诊疗室。

19　玄关

幸一下了出租车，他手上拎着行李，周吉夫妇与志希（44岁，周吉的长女，幸一的妹妹）一同进来。

  文子　（对幸一）回来了。
  幸一　嗯——爸爸，妈妈，请进。
  文子　您来了。
  周吉　嗯。
  幸一　快进屋吧。

文子先进到屋里。

20　日式客厅

文子赶忙摆好坐垫，小勇站在一边心不在焉地看着。
周吉、富美与志希进来，幸一跟在后面。

  幸一　请坐——妈，您累了吧。火车上能睡着觉吗？
  富美　嗯，还行啊——（看见小勇）过来呀……

小勇害羞，往诊疗室方向跑掉了。
大家微笑地看着。

  文子　（端正姿势，正式见礼）欢迎二老到来。
  周吉　啊——

文子　久疏问候,请原谅。

周吉　哪里呀,这次要给你们添麻烦了。

文子　妈妈,真是很久没见面了。

富美　确实呢。

文子　二老能来真是太好了。京子好吗?

富美　挺好的,谢谢。

文子　她一个人留在家里……

富美　哎。

文子寒暄过后便去沏茶。

志希　(看到这里)哎,文子——

她招呼着文子,拎着包袱跟了过去。

21　厨房

志希跟在文子身后来到。

志希　我带了点儿新鲜东西过来呢。这是我家附近的糕点铺做的薄脆饼,蛮好吃的,还有糖酱鱼——

文子　啊,谢谢。

志希　妈妈很喜欢吃薄脆饼呢。有点心钵吧?

文子　嗯。

志希　哎,果盘也行。
　　文子　(从橱柜里取出点心钵)这样的行吗?
　　志希　嗯,蛮好蛮好。
| 她从袋子里拿出薄脆饼放进钵里。

　　文子　(边沏茶边说)纪子没去东京车站吗?
　　志希　嗯,没去。电话通知过她了呢。
　　文子　怎么回事儿呢?
　　志希　(没有回答)喏,这个你来吧。
| 说着将盛着薄脆饼的钵放到文子一边,便返回客厅。

22　走廊

| 志希路过诊疗室,跟孩子们打着招呼。

　　志希　小实、小勇,在玩什么呢?过来呀。
| 于是带着俩孩子返回。

23　日式客厅

| 志希带着孩子们过来。
　幸一陪着老两口站在檐廊上看着庭院。

东京物语

志希　快，叫爷爷奶奶——

三个人转过头来——

周吉　啊，长这么大了。

随后众人回到房间内。

幸一　小实都是中学生了。

周吉　是嘛。

抚摸着小实的脑袋。

富美　小勇几岁了？

幸一　喂，问你几岁了？

志希　多大了？

小勇又害羞地跑掉了。
于是，大家一齐笑了起来，小实也笑着跑了出去。
文子端着茶水点心上来。

文子　（对幸一）方便的话先去洗个澡——

幸一　哦——爸爸，要洗澡吗？

周吉　好的。

志希　妈妈也换身便装吧？

文子　啊，我找件浴衣——

富美　文子，不用忙了，我带着呢……

周吉　那么，我去洗啰。

幸一　请吧——哎,我来拿。

他拎起行李带着二老去往二楼。
志希与文子去了厨房。

24　二楼

幸一带着二老进来。

幸一　车到大阪时,敬三去车站了?
周吉　嗯,给他发过电报,他在站台等着我们呢。
幸一　(问富美)他还好吧?
富美　(点点头)对啦,他还有礼物捎给你们呢。

说着她便要打开行李包。

幸一　妈妈,先不忙这个,过会儿吧——爸爸,毛巾什么的都带了吗?
周吉　嗯,带了带了。
幸一　那去洗吧。

他点点头便下去了。

25　厨房

志希与文子——

  志希　（正聊着天）是啊……

| 这时幸一走过。

  志希　喂，哥哥——

  幸一　什么事儿？

  志希　晚饭咱们吃肉行吧，做寿喜锅。

  幸一　啊，挺好。

  文子　再加点生鱼片啦其他什么的——

  幸一　那些就不用了吧。（问志希）你觉得呢？

  志希　太多了，光吃肉就行。

| 随着玄关的开门声响，传来女子的画外音——"打扰了。"

  志希　哟，是纪子呢——请进。

| 文子出去迎接她。

26　玄关

| 纪子（28岁，战死的次子昌二的遗孀）在脱鞋。
 文子出来，开心地迎接纪子到来。

  文子　你来了。

  纪子　我晚了一步……

文子　你去过了？东京站——

纪子　嗯，没赶上……大家离开后我才到。

文子　是吗？

纪子　（将用纸包着的点心递过去）给，嫂子，请收下。

文子　哦，谢谢。

随后文子便先往屋里走去。
这时志希与幸一也出来了。

幸一　啊，来了。

志希　你来啦。

纪子　不好意思我迟到了……

幸一　爸妈都在楼上。

纪子　是吗？那我上去打个招呼……

于是，纪子和文子往厨房那边走去。幸一与志希回到客厅。

27　楼梯下方的走廊

文子去了厨房，纪子上了二楼。

28 二楼

| 老夫妻已经换上了便装,正从行李包中向外拿着洗刷用具等。
纪子到来。

周吉　啊——

纪子　二老来啦。

富美　呀，纪子，好久不见了。

纪子　您老身体好吧。

周吉　你是不是挺忙啊？

纪子　也没有，怎么说呢，净是些杂七杂八的事情，等想起来，时间已经很紧了……

富美　哦，那今天就不必特地赶过来嘛……反正我们还要待些日子……

周吉　还在原来的公司上班吗？

纪子　是的。

富美　你一个人不容易啊。

纪子　也没什么……

|楼下传来志希的声音——
"爸爸，洗澡吧——"

周吉　噢，这就去——那我去洗澡了……
|周吉离开。

纪子　（看到富美在叠和服腰带）妈妈，我来吧。

富美　不用不用——话说呀，不知怎么跟做梦似的……说起东京总觉得是那么遥远的地方，可是昨天我们才从尾道出发，今天就已经在这里跟大家见面了呢……

| 纪子笑眯眯地点点头。

富美　果然还是要长寿啊。
纪子　不过,爸爸妈妈你们可是一点儿没变呢。
富美　老了,老得不成样了……

| 志希一边喊着"妈妈"一边上楼来。

志希　(看到两人)聊什么呢?——走吧,去楼下吧。
富美　好。

| 说着便起身。纪子也站起来。

志希　呀,妈妈,您是不是又长个儿了?
富美　(笑着)这把年纪,再怎么样也不会长喽……
志希　不,真的呢,是变胖吧。——(对纪子)记得我小时候,总感觉妈妈又高又壮,每次她来学校,我都有点儿难为情呢。
纪子　呀……
志希　不记得是哪一年了,学校召开成绩发布演出会,妈妈都把椅子坐坏了呢。
富美　胡说,那把椅子原本就有毛病,这才坏掉的。
志希　妈妈您至今还这么以为?
富美　那当然啰。
志希　好吧,听您的。咱们走吧。

东京物语　027

| 于是三个人说说笑笑地下楼了。
  被搬去套廊角落的小实的书桌——

29　同天晚上　诊疗室

| 小实在做功课。

30　同天晚上　厨房

| 餐后,纪子帮着文子收拾厨房餐具。

   纪子　嫂子,这个放在防蝇罩里。
   文子　谢谢……
   纪子　那这个呢?
   文子　哦,那个拿出来吧。
| 诸如此类的事情——

31　房间

| 周吉、富美、幸一以及志希在闲话家常。——小勇枕着富美的腿睡着了。

志希　妈妈，阿孝过得怎么样？

富美　哦，阿孝呀，她也是个不幸的人呢。大概是去年春天，她丈夫过世了。她带着孩子改嫁去了仓敷，可似乎那边的情形也不怎么好呢。

志希　是嘛。

幸一　哦，对了，那个人叫什么来着，经常和老爸一起去钓鱼，在市政府工作……

周吉　啊，三桥先生——他已经不在了。（问富美）他过世很久了吧？

富美　可不是嘛。

周吉　对啦，你是否记得服部先生——

幸一　记得，他主管兵役……

志希　我也记得他呢。

周吉　唔，他也来东京了呢。

幸一　是吗？

周吉　趁着在这里我想去拜访他一下呢……

幸一　他住哪儿？

周吉　台东区……具体哪里呢，笔记本上都记着呢……

幸一　这样啊。

| 纪子过来。

志希　收拾好了？

纪子　嗯。

志希　辛苦你了。

富美　（推荐纪子吃面前的岩石米花糖[1]）纪子，吃块尝尝吧，这是敬三给大家的礼物——

纪子　好的，谢谢了……

文子到来。

富美　辛苦了。

文子　没什么——（看到小勇睡着了）哟，这孩子把奶奶累坏了，真是抱歉。

富美　没事儿，就这样别惊动他，让他睡吧……

志希　（对幸一）那么，明天爸爸妈妈要出门吧？

幸一　嗯，正好是星期天嘛。带二老出去转转呗。

志希　是嘛——纪子，怎么样，差不多该回去了吧……

纪子　嗯，那我跟你一起走……

志希　（对二老说）我先回去了……（点头致礼）

周吉　这就走啊。

富美　谢谢，特意赶过来。

志希　哥哥，多谢款待。

幸一　哪里——

纪子　这么晚就不叨扰了……

志希　那么，爸爸，改天见——

---

1. 大阪名产，用米制成的零食，一种象征大阪繁荣的吉祥食物。

│于是，志希与纪子动身，文子送她们出去。

  志希 啊，文子，留步留步。
│三个人，去往玄关方向。

32 玄关

│文子送两人出来。

  志希 叨扰这么晚——
  文子 没什么。
  纪子 多谢款待。
  文子 谢谢二位专程赶来。

33 客厅

│富美轻轻地把小勇从膝上挪下来，让他躺好。

  幸一 爸爸，您也累了吧？
  周吉 还行吧……
  幸一 妈妈，您怎么样，歇着吧。
  富美 嗯。

周吉　那就去睡吧。

富美　好的。

周吉　那么，休息吧。

他站起身来。
这时文子来了。

辛一　歇着吧。

文子　我刚去倒了水……

富美　晚安。

说完出去了。

34　楼梯

周吉与富美，去往二楼。

35　二楼

两个人进来，坐在铺好的褥子上。

富美　累了吧。

周吉　哎呀……（语气有点儿夸张）

富美　不过，大家都健健康康的……

周吉　呃……终于还是来啦……

富美　哎——这里是在东京的什么地方呢？

周吉　在东京边上吧……

富美　或许是吧。坐汽车都跑了半天，这得多远啊……

周吉　嗯……

富美　我还以为是在更繁华的地方呢……

周吉　你说这里？

富美　嗯。

周吉　幸一也说过要搬去更繁华的地段，看来没成啊。

| 富美不由得沉思起来。

36　次日清晨　东京近郊

| 遭受过战灾后复兴起来的小镇。

37 "丽晴"美容院的招牌

38 店内

助手喜代正在擦拭镜子。

39 里屋

志希与丈夫库造（49岁）正吃早饭。

库造　爸爸妈妈要待多久？在东京——
志希　大概四五天吧——哎，把那个拿来。
库造　（取过七味辣椒粉递给她，同时说）我不用去看望一下吗？
志希　不必了，反正还要到咱们家来嘛。
库造　等二老来了带他们去金车亭转转吧。
志希　也好，你还是少操闲心吧。
库造　这豆子真好吃啊。
志希　……
库造　今天怎么安排的？爸爸妈妈那边。
志希　好啦，别光吃豆子啦——（边挪开碗边说）哥哥会带他们出去转转的。

库造 是吗？那好啊。

志希 （朝着店堂方向）喜代！你也过来吃饭吧——

"好的。"喜代应了一声。

40 幸一家

幸一在换衣服，文子在给小勇穿裤子。

文子 今天可要乖乖的哦，因为是和爷爷奶奶一起出去——好啦，记住没有？

小勇 知道了。

小实到来。

小实 真磨蹭啊，还没好？

文子 马上就好哟。

幸一 去看看爷爷奶奶。

小实 好的。

幸一 问问准备好了没有，差不多该出发了。

小实 嗯。

小实劲头十足地出去了。

41　二楼

│周吉与富美已经收拾妥当。
　小实到来——

　　　　小实　准备好了吗?
　　　　周吉　嗯。
　　　　富美　等急了吧。
　　　　小实　爸爸说收拾好了就出发。
│说完他马上下楼去了。

42　楼下的房间

│小实回来。

　　　　小实　我都说了。
　　　　文子　哦。
│小实兴冲冲地哼着西部片中的主题曲,往诊疗室方向跑去。

　　　　文子　(给小勇收拾完)好了。
│说着拍了下小勇的后背,小勇也向着诊疗室方向跑去了。

文子　（边收拾整理）午饭，吃什么呢？

幸一　噢，去百货公司的餐厅吃吧。孩子们也会开心的。

文子　是呀，小勇非常喜欢那里的儿童套餐呢。

幸一　是吗？

|玄关门开了，传来男子的画外音——
"打扰了，有人在吗？"

幸一　来啦。

|应了一声便向外走去。

43　玄关

|玄关处立着一位身穿衬衫的男子。
　幸一出来。

幸一　啊，情况怎样？

男子　打扰您了……

幸一　还是没有食欲吗？

男子　嗯，怎么办呢，只想喝点冷饮什么的，但是弄来又不喝了……

幸一　烧退了没有？

男子　哎，刚才量了一下，还是39.8℃……

幸一　是嘛……这样，我去看看吧。

男子　好啊，休息日还来打扰您，真抱歉。

幸一　没关系。

男子　拜托了。

说完男子回去了。

44　房间

幸一刚一回来——

文子　谁呀？

幸一　中岛先生呢。注射器消过毒了吧？

文子　嗯。

这时周吉与富美进来。

幸一　爸爸，有个患病的孩子我放心不下，必须马上去看一下。

周吉　噢。

幸一　真是，好不容易……

周吉　啊，没关系的。

幸一　我去看看，说不定很快就回来啦……

周吉　嗯，去吧。

幸一　那我走啦。再见，妈妈——

富美　辛苦了。

| 文子送幸一出门。

45　诊疗室

| 孩子们还在诊疗室里，文子来取出诊的提包。

    小实　还不出发？妈妈——
    文子　（含糊不清地）嗯。
| 拎着皮包出去了。

46　玄关

| 幸一在穿鞋子。
 文子来到。

    幸一　或许要晚一些回来呢。
    文子　哦，那怎么办？我陪爸爸妈妈出去吧？
    幸一　免了吧，你要是出去了家里怎么办？下星期天再去好了。
    文子　好的，那路上小心。
| 幸一走了。
 小实和小勇出来。

小实　爸爸去哪里了？

文子　出诊呢。

她若无其事地答了一声便进屋了。
小实的火气噌地蹿上来。

47　房间

文子返回来。

文子　难得的机会，却偏不凑巧，真抱歉……
周吉　没事，忙点儿好啊。
富美　真是辛苦呀。

小实来了。小勇紧跟其后。

小实　（气鼓鼓的样子）妈妈！不去了？
文子　嗯。
小实　无聊！哼！
文子　可这不是没办法嘛，因为有病人呢。
小实　无聊透了！
富美　（笑着）下次再去呗（话音被小实打断）——
小实　讨厌！
文子　小实，闭嘴！一边儿去！
小实　搞什么呀，净骗人！

文子 （厉声喝道）一边儿玩去!

小实狠狠地踩着脚步,咚咚咚地出去了。

富美 （招呼小勇）来呀……

小勇 讨厌啦。

说完就跑掉了。
周吉与富美都笑了起来。

文子 真拿他们没办法。

周吉 没什么,男孩子就要有精气神呢……

突然,诊疗室方向传来很大的声响。
原来是小实将病床上的枕头扔了出去。
文子吃了一惊,赶忙过去。

48 诊疗室

小实和小勇坐在病床上,小实一脸的不痛快,不停地坐下、起来,发出扑通扑通的声响。
文子到来。

文子 （厉声喝道）再不老实点儿就太不像话了! 这么大了还不懂事儿!

小实 无聊透了!

文子 下次再去不就得了!

小实　一直说下次下次，去过一次吗！还不是从没去过嘛！

文子　可是突然有急诊，不也是没办法嘛！

小实　总是没办法！

文子　混账，嘟囔个没完没了！

文子瞪了小实一眼，正要回去——

小实　（大声喊叫）哇——哇——哇——！

小勇　（模仿小实）哇——！

文子转回身来，表情严肃。

小实　（故意再次叫嚷）哇——！

文子　干什么！太不像话了！等你爸爸回来，看我告诉他！

小实　告诉他好了！

文子　你记好了！回头挨骂了不关我事儿！

小实　有什么了不起的呀！我才不怕呢！

这时富美探身进来。

富美　（温和地）怎么啦？

文子　（微笑着）欸，没什么呢……

富美　小勇，来呀，跟奶奶去门口玩吧。小实去不去？

小实　……

文子　小实——

富美　来,小勇——

文子　多好呀,小勇,快跟奶奶去玩……

文子催促着小勇。

富美　来,走吧。小实,不去吗? 走吧。

小实　……

文子　(对富美)麻烦您老照顾……

富美带着小勇走了。

文子　小实,你也去玩呗。不去吗?

小实　才不去!

文子　那随便你!

丢下这句话她便去了里屋。

小实继续在床上扑腾,然后又挪到转椅上,坐下,郁闷地转着。

49　二楼

周吉脱下外出的服装换上家居服。
文子端茶进来。

文子　请喝茶……

周吉　啊,谢谢。小实怎么样了?

文子　唉……不听话的孩子……

周吉　幸一也这样呢,都是犟脾气,话一旦出口,就怎么都收不回来啦。

文子　可惜了,爸爸您难得出去转转……

周吉　不要紧,我们怎么都行。

文子　下星期天咱们再去……

周吉　啊,谢谢。我想好了,再麻烦你们个三两日,就去志希那边看看——(忽然看出去)哟,在那边玩起来了。

50　对面的空地上(周吉的视角)

| 不知小勇在玩什么,富美蹲在一旁守护着他。

51　空地上

| 富美和小勇——

富美　小勇啊,你长大了想做什么呀?
| 小勇不回答,只顾着玩儿。

富美 也像你爸爸那样当一名医生吗？——等你当了医生，不知奶奶还在不在呢……

52　二楼

周吉一个人，无所事事，百无聊赖。

53　丽晴美容院

店里只有一位女顾客头上顶着加热器——
志希与喜代正在做着什么。
库造从外面回来。

　　喜代　您回来啦。

　　库造　（对顾客）呀，欢迎。

他打了个招呼便去了里面。

　　志希　刚才来电话了。

54　里屋

　　库造　谁打来的——？

志希　巢鸭的榎本先生——问那件事怎么样了。

库造　哦，没什么，都处理完了。——爸爸妈妈在做什么？

志希　在楼上呢。

库造　我去了浅草，捎了些点心回来。

说着他从提包里取出一个纸包。
志希进来。

志希　什么？

库造　（打开纸包）这家的很好吃哦，是白豆沙的。

说着拿起一个吃起来。

志希　很贵吧？不必这么奢侈吧。

说着自己也拿起一个吃起来。

库造　好吃吧？

志希　好吃自然是好吃啰。不过也太浪费了，薄脆饼就可以啦。

库造　可是，昨天的点心就是薄脆饼嘛。

志希　没关系哟，他们就喜欢薄脆饼呢。——我说，明天你能否带着爸爸妈妈去哪儿转转？

库造　明天啊……明天有点儿抽不开身呀，要去收款呢。

志希　是吗？——说实在的，哥哥带着去就好了……

库造　或者今晚陪他们去金车亭吧？

志希　演什么节目？

库造　昨晚开始上演浪花曲[1]呢。

志希　哦，那就这么办吧。二老来东京后，还哪里都没去呢。

库造　就是啊，整天待在二楼也怪可怜的。

志希　是呀，不过也没办法，没有人带他们出去。

说完她起身去往店里。

库造从口袋里掏出笔记本之类的，又拿上肥皂、毛巾上了二楼。

55　二楼

富美一个人正在拆被子。

库造上来。

库造　呀，在做针线活儿呢。

富美　啊，你回来了。

库造　怎能让您老这么忙活啊。

富美　没什么……

库造　爸爸呢？

---

1. 一种三弦伴奏的民间说唱歌曲，多以人情世故为主题，是大众化的说唱故事。

富美　在阳台上——
库造　（对富美说）去洗澡吧。（然后从窗口对着阳台喊着）爸爸！爸爸！

56　阳台上

|周吉呆呆地坐着。

周吉　（听到库造的呼唤回过头来）噢。
库造的画外音　爸爸去洗澡吧！
周吉　好啊……
|周吉应了一声，便起身走去。

57　二楼

|富美在收拾拆洗的东西。
周吉来到。

周吉　哟，你回来了。
库造　嗯，走吧。——妈妈，回来的时候咱们去吃红豆冰激凌吧？
富美　哎，多谢款待。
库造　那走吧。

东京物语　051

于是，三个人下楼。

58　楼下　店内

喜代在往顾客的头发上别发夹，志希在一旁看着。
这时三个人过来了——

库造　我们去洗澡了。

志希　好，去吧。

富美　走了啊。

志希　啊，妈妈，那边有双我的木屐，有点脏，你穿了吧。

富美　哦，那我穿穿……

志希　路上当心。

于是，三个人出去了——
志希忽然想起什么，便去打电话。

志希　喂，米山商社吗？麻烦找一下平山纪子。是的，谢谢……啊，纪子吗？是我……不，倒是我承蒙关照……喏，拜托你件事儿，明天有时间吗？是这样，爸爸妈妈吧，来东京这些日子，还哪儿都没去过呢……可不是，所以明天你要是方便的话，希望能带他们去哪儿转转。不好意思啊……

说真的，最应该我带他们出去，可这几天店里实在走不开呀。……嗯，就是呀，真抱歉……欸？啊，是吗……嗯……嗯……

59　米山商社的事务所

这是一家只有七八个办事员的杂乱的小公司。
纪子来接电话。

  纪子　对不起，稍等一下——

她将听筒放下，走到上司跟前。

  纪子　实在不好意思，不过……
  上司　（一边继续工作）什么事儿？
  纪子　明天能否准我一天假？
  上司　可以。
  纪子　谢谢您。
  上司　旭日铝厂的事情办妥了吗？
  纪子　是，我今天处理好。

她施了一礼回到电话处。

  纪子　喂，啊，让你久等了……那我明天九点左右去接二老。欸？不用了。那明天见——

60　行驶中的观光巴士

周吉夫妇与纪子一同乘车。

导游小姐在讲解——

"——欢迎诸位光临东京。借诸位上京之便,让我们共同翻阅大东京的历史吧。"

61　飞逝而去的丸之内风光

62　透过车窗看到的皇宫

"——曾被称作'千代田城'的皇宫,在距今约五百年前,由太田道灌[1]主持修建而成,松树苍翠的倩影倒映在护城河中,风雅静寂,在这喧嚣混乱的大东京中,当真是庄重典雅之至。"

63　银座

行进中的观光巴士——

---

1. 太田道灌(Ōta Dōkan,1432—1486),是室町时代后期文武双全的名将,出色的筑城家。

64　百货公司所在的胡同

| 观光巴士停了下来。

65　百货公司楼顶上

| 周吉夫妇与纪子在眺望街景。

    纪子 哥哥家在这边。
    周吉 是吗？
    富美 志希家在哪儿？
    纪子 姐姐家呀，应该是在这一带吧。
    富美 你家呢？
    纪子 我家嘛，（她转到相反方向）在这边呢，这附近吧。
    富美 哦。
    纪子 虽然是个很脏乱的地方，若不介意的话，回头去我家吧……
    周吉 好啊。

| 导游小姐在那边招呼大家集合。
"诸位，该出发了，请大家集合。"
于是大家都朝着她的方向集聚过去。

66　从那座楼顶上看到的市区

67　同天 纪子公寓的外景——

一座老旧的公寓。
已近黄昏，夕阳斜照。

68　二楼的某个房间

婴儿在罩式蚊帐中睡着了，旁边一位年轻的主妇正在叠着洗好的衣物。
敲门声——

  主妇　谁啊？

门开了，纪子进来。

  主妇　哟，今天这么早呀——
  纪子　小美子睡了？
  主妇　刚刚睡着呢。
  纪子　麻烦你点儿事情，家里有酒吗？
  主妇　酒？
  纪子　（点点头）我爸爸妈妈来了。
  主妇　哦，也许还有一点儿。

说完她便起身,而后拎着一升装的清酒瓶回来,里面还剩下约两合[1]清酒。

  主妇 只有这些了,够吗?
  纪子 够了,那我借走了,谢谢。

说完出去了。

69 走廊

纪子返回隔壁自己家中。

70 纪子的屋子

周吉夫妇正在端详柜橱上昌二(阵亡的次子、纪子的丈夫)的照片。
纪子进来。

  周吉 我说,这张昌二的照片,是在哪里拍摄的?
  纪子 镰仓。朋友给拍的……
  富美 什么时候?
  纪子 去打仗的前一年。

---

1. 日本传统度量体制中的容积、面积单位,1合约等于1升或1坪的十分之一。

富美　是吗——（然后对周吉说）看他笑得多灿烂……

周吉　唔……这张也歪着个脑袋啊。

富美　这孩子一贯这样呢。

周吉　唔。

照片特写——

71　走廊

纪子出来，又去往隔壁，她敲了敲门，进屋。

72　隔壁

邻居主妇迎出来。

主妇　怎么了？

纪子　（微笑着）酒壶和酒盅——

主妇　哦，对啊——

于是她从碗橱里拿出酒壶和酒盅，接着又拿出一个小碗。

主妇　这个要不要？焖青椒，味道不错哟。

纪子　谢谢，我拿去吃咯。

主妇　（递给她酒壶、酒盅，同时说）我都洗过了。

　　　纪子　不好意思，总来麻烦你。

│随后离开。

73　纪子家里

│周吉与富美——
　纪子返回来。

　　　富美　纪子，真的别再张罗了。

　　　纪子　没呢，什么都没张罗呢。

│边说边开始准备。

　　　富美　今天真是托你的福……

　　　纪子　哪里呀……爸爸妈妈倒是累坏了吧？

　　　周吉　呀，想不到你会带我们逛了那么多的好地方……

│纪子拿来布巾，擦了擦二老面前的矮脚饭桌，摆上碗筷盘子等餐具。

　　　富美　真抱歉啊，耽误你工作。

　　　纪子　没什么……

　　　周吉　工作很忙吧？

　　　纪子　还行吧。因为是小公司，忙起来周日也要上班，不过现在刚好清闲……

纪子起身拿来酒壶。

纪子　（把酒盅递给周吉）请。

周吉　啊，好。（接受）

纪子　也没什么好招待的……

周吉　哪里……（一饮而尽，对富美说）还是酒好喝啊。

纪子　爸爸，您喜欢喝酒吗？

富美　可不是。以前他经常喝呢。家里哪天断了酒，他就老大不高兴。哪怕很晚了，也要出去喝呢。

周吉　唔。（苦笑着）

富美　每次生下男孩子，我就想这孩子长大了不喝酒才好呢……

周吉　昌二喝不喝？

纪子　他也喝呢。

富美　（很意外的样子）是吗？

纪子　下班回家途中不知拐哪儿去喝酒，经常喝到很晚，电车也停运了，便带朋友来家里……

周吉　这样啊。

富美　看来，你也没少遭罪呀。

纪子　（微笑着）嗯，不过如今回想起来却很怀念那些时光呢。

富美　说真的,也许是离得太远了,我老觉得昌二还活着呢,说不准在哪个地方。因为这个时常惹得你爸爸发脾气呢……

周吉　唉,早就不在了。一晃八年啦。

纪子　……

富美　说的也是啊……

周吉　(对纪子说)——昌二也是个顽劣不堪的家伙,给你带来不少麻烦吧……

纪子　并没有呢……

富美　确实让你受苦了……

纪子　……

| 敲门声——

纪子　来啦。

| 纪子走过去打开门。
| 拎着盖浇饭的送菜伙计立在门口。

送菜伙计　让您久等了。

纪子　谢谢。

| 送菜伙计将东西交给纪子便离开了。
| 纪子将饭菜端到饭桌上。

纪子　也不知道好不好吃,妈妈您请——

富美　谢谢。

纪子　请……

富美　好的，那我吃了。

> 富美坐到小饭桌前，拿掉大碗的盖子。
> 纪子将另一碗端到周吉面前。

74　同天晚上　丽晴美容院

> 店内空荡荡的，过来串门的幸一与志希坐在店内一角，摇着团扇聊天。

幸一　都这么晚了。

志希　应该快回来了——爸爸妈妈要在东京待多久啊？

幸一　呃……他们什么都没说吗？

志希　唔，倒没说什么……哥哥，我想过了，你能不能出三千块钱？

幸一　做什么？

志希　是这样，我也出钱哦。两千块也差不多吧，还是三千块吧。

幸一　用来做什么？

志希　嗯，我在想，是不是让爸妈去热海[1]住上三两日呢？

---

1. 位于本州岛，隶属静冈县，是日本三大温泉旅游疗养胜地之一。

幸一　唔。

志希　哥哥你一直很忙，我最近也忙着讲习会等各种事儿，也是脱不开身呢。虽说如此，也不能全都托付给纪子……你说是吧？

幸一　唔，或许是个好办法。

志希　我知道热海一家不错的旅馆，景致也好，适合眺望，还很便宜呢。

幸一　这个主意蛮不错的。那就送二老去那里？

志希　爸爸妈妈会喜欢的。

幸一　那就好。我日子也过得紧巴巴的。这就不错了，不管带去哪儿玩，也都需要花费两三千啊。

志希　就是呀，这样很划算呢，而且还能泡温泉——（忽然察觉到动静，便回头招呼着）喂——

| 在里屋的库造转过身来。

库造　什么事儿？
| 库造说着走了出来。

志希　是这样，我和哥哥刚刚商量着，是不是让爸妈去热海住几天呢。

库造　是吗？这不挺好的嘛——（对幸一说）我也牵挂着这事呢。可总也抽不出时间来，都没带着老人出去走走……

志希　所以呢，行不行？

库造　我同意啊，（对幸一）主意不错哦。

幸一　（点头）那就这么定了。

志希　（点头，对库造说）即使住在家里，还不是什么都不能为老人做嘛。

库造　是啊，就是嘛。（对幸一说）热海挺好的。（然后他也在旁边的椅子上坐下，对幸一说）这么热的天，与其在东京城里走走看看，真不如去热海，洗洗温泉，舒舒服服地睡个午觉，这样对老人更好呢，你说是吧？（目光看向志希）

志希　谁说不是啊——（像自言自语）不过都这么晚了呀。

幸一　说不定他们去了纪子的公寓。

志希　啊，或许是吧。

| 她用团扇吧嗒吧嗒地赶着脚边的蚊子。

75　热海市区

| 环抱着市区的群山——
　海边的防波堤——

76　临海旅店的某个房间（二楼）

| 周吉和富美换上了旅店的浴衣，边喝茶边闲聊——

  富美　想不到还能洗温泉呢……
  周吉　是啊……没想到他们这么破费……
  富美　哎，真舒服啊。
  周吉　唔。明天要早点起来，把这附近走个遍吧。
  富美　好啊。据说就在前面不远有一处不错的景致呢，是服务员告诉我的。
  周吉　是吗——（看向大海）多么宁静的大海呀。
  富美　嗯。

77　波澜不兴的海面——

78　当天晚上　旅店的走廊（楼梯下）

| 时针已经指向十一点半左右。
 女服务员端着盛有寿司的大盘登上楼梯。

79　二楼走廊

| 女服务员端着寿司进了一个房间。

80　那个房间

紧挨着的两个房间已经通开,铺着的被褥被卷到一边,有两组客人,围坐着打麻将。

算上女的,总共有十一二人。大概是哪家公司的集体活动吧。

还有几位在被褥上或躺或卧。

远处传来演歌[1]歌手演唱的流行歌曲。

　　女服务员　让诸位久等了——

说完便放下寿司出去了。

　　　　男A　喂,寿司上来了——喂,碰!

　　　　男B　啊,在你手里呀。

　　　　男C　你碰得我肉疼。

　　　　男D　哟,不疼不疼,碰得好。(说着话摸了张牌,随手一丢)滚蛋!

　　　　男C　瞧我的,来张好牌吧。(随后打出)

　　　　男B　(摸牌,出牌)听牌!

　　　　男A　听牌?这张牌你不是打过吗?

　　　　男B　打过啰。

　　　　男D　扯淡!(继续摸牌)

---

1. 日本特有的一种歌曲,多是带有哀怨情感的日本经典老歌。

81 走廊

│喧闹的麻将声——演歌歌手的流行歌听着越发真切。

有两个男人好像刚从丝川[1]步道返回,进了那个房间。

82 老夫妇的房间

│周吉与富美已经躺下。

麻将以及演歌歌手的噪音,吵得两个人难以入睡。

   富美 真是热闹呢。

   周吉 唔。

   富美 这都几点了呀。

   周吉 唔……

83 走廊

│夹杂着麻将的嘈杂声,演歌歌手的流行歌听着更近了。

---

1. 日语写作"糸川",热海糸川有著名的樱花步道。

84　旅店前面的大街

一群演歌歌手劲头十足地放声歌唱——

85　老夫妇的房间

周吉忍耐了半天，始终睡不着，"唉——"他长叹一声，坐了起来。
富美也坐了起来，筋疲力尽般地呼出一口气。
演歌歌手的歌声更加刺耳。

86　清晨（热海）

环抱市街的群山清晰地倒映在海面上——

87　旅店二楼

走廊的一个角落里，堆着昨夜用过的碗碟以及空的啤酒瓶——
女服务员哼着流行歌曲打扫房间卫生。

88　防波堤

穿着旅店浴衣的周吉与富美吹着晨风休息。

富美　（看到周吉疲惫地敲着脖颈，问道）不舒服吗？

周吉　唔。

富美　是因为昨晚没休息好吧？

周吉　嗯——你倒是睡得香呀。

富美　瞎说吧，我也没睡着……

周吉　说谎，都打呼噜呢。

富美　是吗？

周吉　——唉，这里本是年轻人来的地方呢。

富美　说的是啊。

89　旅店二楼

两名女服务员，一边打扫走廊房间，一边聊着天——

女服务员A　哎，昨晚的新婚夫妻怎么样？品行不怎么好啊。

女服务员B　那真是新婚吗？就没见过那样的。今天早晨她老公明明早就起床了，她却一直坐在被窝里抽烟。

女服务员A　那男的也太腻味了。我听了一耳，都说了些什么呀。你完完全全属于我了，耳朵、眼睛还有嘴巴，一切都是我的啦。

女服务员B　还不知道是谁的呢，那种女人。

90　防波堤

周吉与富美——

富美　不知京子怎么样了呢。

周吉　唔……是时候回去啰。

富美　（微笑着）他爸,你是不是想家了?

周吉　是你呢,你想家了吧(笑起来)——东京也看过了,热海也来了,该回家喽。

富美　是啊。咱们回家吧。

周吉　嗯。

说完周吉站起来。
富美跟着起身,但好像眩晕似的打了个趔趄。

周吉　你怎么啦?

富美　不知怎么了,晕了一下,好了,已经没事了。

周吉　因为昨晚没休息好吧——走吧。

于是,两人朝着旅店的方向返回去。

91　旅店二楼

房间打扫过了,矮脚餐桌上放着茶和梅干。

92　丽晴美容院

| 同一天下午——
　　助手喜代在整理器具。志希在给一位太太模样的女人做头发。还有位女子顶着加热器看杂志。

>　　**志希**　（一边打理着头发）太太，你也应该试试上卷的发型，肯定非常适合你。
>
>　　**女人**　是吗？
>
>　　**志希**　因为您脖颈线条非常优美呢。将左侧收紧，右边则打理成蓬松的波浪造型……
>
>　　**女人**　那下次就按你说的试试看吧……
>
>　　**志希**　嗯，那样会显得很有个性呢。
>
>　**另一个女人**　（对助手说）喜代帮个忙，给我换本杂志——顺便点个火……
>
>　　**喜代**　好的。

| 说着递给她另一本杂志，为她擦着火柴。

>　　**志希**　（对那个女人）您今天要赶早吗？
>
>　　**女人**　不用，今天上晚班。

| 这时，老两口回来了。

>　　**喜代**　哟，回来啦。
>
>　　**周吉**　嗯，回来了。

东京物语　075

志希　哎呀，这么快就回来了？

周吉　噢。

富美　我回来了。

志希　在那边多玩玩就是……怎么啦？

周吉　啊，不想待了。

富美　我回来了……

| 说完两人便去了里屋。

女顾客　谁呀？

志希　呃，是老家来的亲戚……

女顾客　哦。

志希　来，喜代，这里上卷儿——

93　二楼

| 周吉与富美，舒了口气放松下来。
这时，志希上来了。

志希　出什么事儿了？这么快就回来了。

周吉　唔。

志希　热海怎么样啊？

周吉　嗯，挺好的。温泉真不错呢。

富美　旅店适合眺望，景致很美呢。

志希 就说嘛。那儿是不错呢，还是新开发的……是不是很多人？

周吉 唔，是有些杂乱。

志希 饭菜怎么样？

富美 吃了生鱼片、蒸蛋羹……

志希 生鱼片好吃吧？因为那里离海近……

富美 还有大块的煎鸡蛋饼。

志希 那为什么回来呢？轻松玩两天多好……我原本想着让你们舒舒服服地住上三两天呢。

周吉 嗯，不过，我们觉得差不多该回家了。

志希 再住几天就是啦，好不容易出来一趟。

周吉 唉，但是该回去了……

富美 再说京子一个人也怪冷清的。

志希 放心吧，妈妈，京子又不是小孩子……我还打算这个休息日陪你们去看歌舞伎呢。

周吉 是吗——不过，让你们这么破费可不好呢。

志希 没什么，你们在那边安心待着就好了嘛。今天晚上七点开始家里有场聚会……不，是讲习会呢。

富美 是吗？要来很多人吗？

志希 嗯，偏巧这次轮到我了。

周吉 是嘛，那可不行啊。

志希 所以嘛，我希望你们慢慢玩，别急着回来。提前跟你们说一声就好了……

│ 这时喜代进来。

  喜代 老师，卷发做好了……
  志希 哦，知道了。（对二老）那我去一下……
│ 跟着喜代下楼了。

  周吉 （表情失望）怎么办？
  富美 怎么办呢？
  周吉 去幸一那里还得给人添麻烦……
  富美 是啊——就去纪子家住一晚吧？
  周吉 唉，两人都去她那里不合适，你自己过去住吧……
  富美 那你呢？
  周吉 我想去拜访一下服部。可以的话，就在他那里住下吧——总之，咱们走吧。
  富美 哎。
│ 然后从行李中拿出洗漱用具等。

  周吉 （微笑着）——到底无家可归了……
│ 富美也笑着点点头。

94　上野公园一角

周吉与富美坐在公园的长椅上,吧唧吧唧地嚼着花生米之类的小吃。

  周吉　(掏出怀表看了看)纪子差不多该回来了。
  富美　是嘛。
  周吉　时间尚早啊。
  富美　不过他爸,既然要去拜访服部先生,就别太晚……
  周吉　倒也是啊,那溜达着去吧。

于是,二人缓缓起身,边走边眺望着市区。

  周吉　哎,这城市可真大呀。
  富美　是啊。要是不小心在这里走散了,怕是一辈子都见不着面喽。
  周吉　唔。
  富美　呀!

她忽然想起手提包落在长椅上,匆忙去取了回来。

  周吉　看那儿,马上到了。

于是,两个人又并肩走了下去。

95　傍晚 代书处（服部家）大门口

门口的玻璃门已经关闭，拉着帘子。

96　里面的房间

前来拜访的周吉与老朋友服部修（68岁），以及他的老伴米子（60岁），几个人不无感慨地聊天叙旧。

  服部　哦，已经这么多年了。
  周吉　自那以后，不知不觉十七八年啦。
  服部　可不是嘛——每年都收到你从尾道寄来的贺年片。
  周吉　哪里呀，这话应该我说才是。
  米子　尾道变化很大吧？
  周吉　也不算大，幸运的是那里躲过了战祸。对了，你家所在的西御所附近也还是老样子呢。
  米子　是嘛，那可是好地方呢。登上千光寺，极目远眺风景如画啊。
  服部　是啊，花季刚过，鲜美的鲷鱼上市，真便宜呢……来东京后，就没吃过鲷鱼。
  米子　确实呢——（忽然想起什么）哎，我说。
  服部　嗯？

米子小声嘀咕几句。

服部　哦,过会儿再说。

这时一位身穿西装的青年(寄宿的人)从二楼下来。

青年　大婶,等伊坂来了,请转告他,我在那个弹子房等他。
米子　(点点头)路上小心。
青年　拜托了。

说完他便走了。米子也起身去厨房。

服部　我把二楼租了出去,是个贪玩的男孩子。
周吉　哦。
服部　虽然是法律专业的大学生,法律知识可是一窍不通呢。
周吉　(微笑)怎么这样啊。
服部　就知道玩弹子球或者搓麻将,老家的父母可有的受啰。

两个人齐声大笑。

米子　(从厨房招呼)哎,当家的——
服部　呃?哦——(然后对周吉说)怎么样?好久不见了,去哪儿喝一杯。

周吉　哦。

米子　家里什么都没准备呢。

周吉　不不,是我太唐突了……

服部　你还记得吧,当年的那个警察署长……

周吉　记得,沼田先生。

服部　对对,就是他,也住在这附近呢。

周吉　呵,是嘛。他现在做什么?

服部　他儿子好像担任什么印刷厂的部长吧。现在他正舒舒服服地养老呢。

周吉　是嘛,那不错呀……

服部　叫上他一起吧。

周吉　嗯,一定叫上——真没想到啊……竟然这样啊……

97　街上的霓虹灯广告塔

| 上野大道附近。

98　能看到那个广告塔的小饭馆的二楼

| 周吉与前辈沼田三平(71岁)以及服部,三个人围着火锅畅谈。

沼田　（举着酒壶）来来，请。

周吉　呀，已经喝得够多了……

服部　我说，还差得远呢，这么长时间没见了，再来点儿。

周吉　不行了，最近这段时间一直没喝呢。

服部　不过，你可是很能喝呢。还记得吧，知事先生来尾道那次……

沼田　哦，是在竹村屋那次吧？啊哈哈……

服部　（对沼田）当时你也喝醉了呢。喂，叫什么来着？那个皮肤白嫩胖乎乎的艺伎……

沼田　阿梅吧。

服部　是她，你喜欢她是吧？

沼田　哈哈哈哈，还和知事先生争风吃醋呢，真好笑呀。

服部　（对周吉）你也有点喜欢她吧？

周吉　哎呀，真是难为情呢……（苦笑了一下）我早该戒酒了。

沼田　哪里哪里，那不是事儿。还是多少喝点儿好。来，干了。

周吉　好吧。（喝干杯中酒，然后接受斟酒）

服部　话说回来，你也算有福之人，孩子们都很能干！

周吉　唉，家家有本难念的经……

服部　而我们家呢，我常跟老婆说，哪怕有一个孩子活下来也好啊……

沼田　两个孩子都没了，心痛至极啊。——（对周吉）你家也有一个吧？

周吉　嗯，老二没了。

服部　唉，再也不想打仗了。

沼田　就是……彻底不想——不过，你说这孩子呀，活着的突然不在了，父母会难过孤独；一直活得好好的，渐渐地把父母当成了累赘。总之不能两全其美啊。（伤感地喝干酒）来，喝吧。（给服部斟酒）

服部　嗯。

│服部接受斟酒。大家一时沉默下来。

服部　不说也罢，让人沮丧啊。

沼田　哈哈哈哈，打起精神来吧。

服部　嗯，喝酒喝酒。（边给周吉斟酒边说）我家要是再宽绰一点儿，今晚就可以住在我那里，畅饮个通宵达旦……

│随后他站起来，去到走廊上，拍了拍手。

服部　喂，大姐，拿酒来——（继续拍手）哎，大姐，拿酒来。

│边说边走下楼去。

沼田　——话说，见到你真高兴啊。

周吉　哎，真没想到能在东京见到您……

99　时明时暗的广告塔

100　当天晚上　近郊街道

已经夜色深深。

101　附近的"加代"杂烩店

沼田、服部、周吉，三人都喝到了兴头上，他们围锅而坐。服部已经喝大了，迷迷糊糊的。

店主加代是一位漂亮的中年女人。

加代　（把酒壶放到沼田面前）给，热的。

沼田　噢，那给我添杯酒吧。

加代　（边斟酒边说）今天喝得太多了。

沼田　喂，平山君，你看她怎么样啊? 是不是有点儿像?

加代　又来啦。

沼田　你说，像不像吧?

周吉　噢，像谁？

服部　（忽然抬起头来）哎呀，像，像……

沼田　谁？

服部　像阿梅吧？

沼田　不对，不对，阿梅还要胖一些。我老婆嘛。

周吉　嗬，你这么一说感觉还真像呢。

沼田　像吧，尤其这一块……

加代　差不多行啦，该回家了吧？今天喝得太多了。

沼田　冷冰冰的神情也非常像哟。

加代　真能絮叨呢。

沼田　我老婆也常这么说。啊哈……喂，再给我斟一杯呗，喂。

可是，加代已经不理会他了。

周吉　（拿起酒壶）服部先生，怎么样？

说着便伸过去要敬酒，可是服部已经迷糊了。

服部　不行了。

他只是摇了摇头，软塌塌地趴着。

沼田　（独自沉浸在感慨中，对周吉道）说起来，就你最有福呢。

周吉　怎么说？

沼田　到东京来，有优秀的儿子、闺女……

周吉　这样说来，你也同样幸福。

沼田　不一样，我家那小子不行。就知道讨老婆欢心，把我当累赘，没本事的家伙。

周吉　可是，他不是印刷公司的部长吗……

沼田　哪有呢，哪来的部长！只是个股长。因为怕说出去没面子，当着外人我总是部长长部长短的，真是丢脸啊。

周吉　不，你想多了。

沼田　因为我们要孩子晚，他又是独生子，娇生惯养的，太失败了……由此看来，你是最成功的，培养出个正牌博士呢。

周吉　哪里呀，当今社会，医学博士遍地是呢。

沼田　唉，这孩子总难达到父母的期望。首要一条，没有雄心壮志，根本不知何所谓鲲鹏之志。前些日子我也是这般跟那小子说的。那小子竟然说，东京的人太多，上升的路太挤等等——换作是你，你会怎么想。说这么丧气的话，一丝一毫的拼搏精神都没有，我可不是抱着这样的想法把他养大的……

周吉　沼田前辈，别这么说……

沼田　哎？你不这么想吗？你称心如意吗？

周吉　唉，哪来的称心如意嘛……

沼田　就是嘛，连你都不称心……我岂不更悲哀……（说着擦擦眼睛）

服部　（忽然抬起头来）啊，不行，不能喝了。（然后又迷糊过去）

周吉　——话说回来，沼田先生，我来这里之前吧，总觉得儿子过得很称心，可来了一看，只不过是郊区小镇的医生啊。你说的话我深有同感，如你所言我也不满意呢。可是，沼田前辈，这正是世间父母们的贪心啊，贪心是没有止境的。这事儿必须得看开啊，我就是这么想的。

沼田　真这么想？

周吉　是的。

沼田　是嘛，你也是……

周吉　谁都不想混成那样啊……没法子呀。沼田前辈，东京终究是人太多了。

沼田　或许是吧。

周吉　自以为是可不行啊。

沼田　倒也是，现在的年轻人，甚至有人满不在乎地把父母给杀了呢，跟他们比咱们好多了。哈哈哈哈。

加代　喂！已经十二点了！

沼田　十二点怎么了？

加代　适可而止，该回家了。

沼田　哈哈哈哈，你这一点儿还真像呢。我就喜欢这样的。

加代　（冷冷地瞅了服部一眼）这位怎么办？

沼田　啊，别管了别管了！今晚要喝他个一醉方休。喂，痛快吧。

周吉　嗯……痛快痛快——

他们二人谈话间，服部已酣然入睡。

102　同一天夜里　纪子公寓的走廊

不知从哪个屋里传来十二点的钟声。

103　纪子的屋里

被褥已经铺好，富美坐在上边，纪子给她揉着肩膀。

富美　谢谢，歇会儿吧……

纪子　不用……（继续拍打）

富美　唉，今天这一天时间可真长啊……从热海返回，去了志希家，接着又去了上野公园……

纪子　累坏了吧？

富美　不打紧——只是又给你添麻烦了……心里过意不去……

纪子　别这样——您来了我真高兴……就担心您不来呢。

富美　净给大家添麻烦……（纪子仍在揉着肩膀）真不用了。

纪子　是嘛。

富美　太谢谢了。

┃纪子起身，把水壶和茶碗放在富美的枕旁。

富美　明天一早还得上班，让你忙活这么晚……

纪子　我没事儿，妈妈倒是受累了……您老歇着吧？

富美　哎，那我睡了……

纪子　请吧。

┃纪子体贴地给富美盖上被子。

富美　想不到能用上昌二的被褥……

┃纪子起身去关窗户。

富美等着纪子回来——

富美　纪子——

纪子　哎？

富美　我有几句话，说了你可别介意……

纪子　什么事儿呀？

富美　昌二他，都走了八年了，可你仍旧摆着他的照片，一想到这些，我就为你难过……

纪子　（面带笑容）为什么呢?

富美　可是,你毕竟还年轻啊……

纪子　（笑笑）已经不年轻了……

富美　不,说真的,总觉得对不住你……我也经常和你爸爸讲起,要是遇上合适的,不管什么时候,什么都不要顾虑,放心改嫁吧。

纪子　……（只是笑笑）

富美　真的呢。你要是不答应,我们才真的难过呢。

纪子　（笑笑）好吧,如果有合适的那就……

富美　有的,肯定有。你这样的一准儿找得到。

纪子　真的吗?

富美　……一直以来总让你受苦,再这么下去,我会非常不安的……

纪子　不必说了,妈妈,这是我自己的决定。

富美　可是,你这样太辛苦了……

纪子　不会的。我倒是觉得这样好过些。

富美　听我说啊,现在是不觉得,可等你渐渐上了年纪,还是一个人,那多孤单呀。

纪子　不会的,我不会让自己变老的。

富美　（感动得眼泪汪汪）——你呀,人太好了……

纪子　（淡淡地）睡吧。

说完,纪子起身关上灯,钻进了被窝。可是不久,泪水溢满了纪子的眼睛,顺着眼角滑落。

104　丽晴美容院

| 电灯关了,椅子、器具等都用白布蒙着。

105　里屋

| 志希和库造并排睡下了。
　传来敲门声。

男子的画外音　晚上好……晚上好……

| 两人睁开眼睛。
　敲门声——

　　画外音　喂喂……喂喂……金子先生!
　　志希　哎,谁?——是谁呢?
　　库造　看看去。

| 志希边拢着睡衣前襟边往外走。

106　店铺

| 志希打开美容店的灯。

　　志希　哪一位?

声音　我是附近派出所的高桥……

志希　噢，您稍等……

| 她打开门，看到巡警立在门前。

巡警　呀，对不起，这么晚了……我把您家的亲戚带回来了……

志希　……

巡警　他醉得可不轻……

| 周吉摇摇晃晃地出现在门口。

志希　怎么回事儿，爸爸？——（对巡警）真抱歉。

| 这时，跟在后面的沼田摇摇晃晃地现身门口。

巡警　那么，我告辞了。

| 随后他敬了个礼便要走，沼田一声不吭也冲着他回了个礼。
周吉和沼田几近烂醉如泥。

志希　（看着沼田）这位是谁？爸爸——

周吉　啊……

| 就在志希关门的工夫，两个人穿着鞋就进来了，一屁股坐在烫发用的椅子上。

志希　（回来）爸爸？怎么回事儿啊！爸爸！

周吉　嗯……

库造也穿着睡衣从里屋出来。

> 库造　怎么了？
>
> 志希　带了个奇怪的人回来。
>
> 库造　是谁呀？
>
> 志希　不认识。
>
> 沼田　（舌头不好使了）啊……痛快痛快……唔……
>
> 志希　（语气稍稍刻薄）怎么回事儿呀，爸爸！爸爸！爸爸！你说怎么回事儿呀！
>
> 周吉　（迷迷糊糊地）啊……完全不行……没办法……嗯……真高兴……
>
> 志希　真没办法……（皱着眉头）好不容易把酒戒了，这倒好又喝上啦……（看看沼田，狠狠地摇晃他）喂喂，喂喂，醒醒——
>
> 沼田　啊，痛快，痛快痛快……
>
> 志希　（又摇摇周吉的肩膀）爸爸！爸爸！……这怎么办呀！

随后她颓丧地坐下来。

> 库造　怎么搞的，在哪儿喝成这样？
>
> 志希　谁知道在哪儿！！（竹筒倒豆子般地牢骚起来）真没出息啊……从前爸爸就经常喝酒呢，这要是参加宴会，一准儿醉醺醺地回来。那会

儿，也真难为妈妈了。我们几个也都烦他这样……好不容易在京子出生那会儿，他就跟变了个人似的，彻底戒了酒，全家都觉得庆幸呢，谁知……

沼田　（冷不防狂叫着）啊，那不行，啊，不行！不行！啊啊……

刚说完，便又呼呼地睡了。

库造　（不由地皱着眉头）哎，怎么办？
志希　（很不耐烦）本以为他今天不回来了呢，反倒带回个奇怪的家伙……真受不了他……

说完进了里屋。

107　里屋

志希气急败坏地一屁股坐在被褥上。
库造进来。

库造　喂，也不能就那样丢开不管呀！
志希　——我能怎么办……
库造　叫喜代下来，安排他们去二楼睡吧？
志希　醉成那样，还怎么上楼！
库造　那怎么办？

志希　烦死了……（站起来）你拿上这个（指指毛毯），咱们去二楼睡吧，让他俩就在这儿睡。

库造　好吧。

他拿着毛毯起身，志希把自己的毛毯也交给他。
库造抱着毛毯走出去。
志希把下面的褥单抻平，把坐垫折叠当成枕头，一边做一边发着牢骚。

志希　……真麻烦啊，想要回来你就直接说嘛……都这么晚啦，还醉醺醺地回来……就烦喝酒的……还带个陌生人回来……不像话……

108　店堂里

周吉和沼田依然窝在椅子上，打着响鼾熟睡。

109　清早　纪子公寓的外景

110　走廊

纪子端着洗过的碗筷朝自己的房间走去。

111 室内

富美收拾东西准备回家,正在穿袜子。
纪子进来。

富美 真是给你添麻烦了……

纪子 哪里,让您住这么破烂的地方……

富美 你上班不会迟到?还来得及吗?

纪子 来得及,没关系——(从柜子上拿下个纸包)给,妈妈……

富美 什么?

纪子 怪不好意思的,别嫌弃——

富美 什么呀?

纪子 (笑笑说)给妈妈的零用钱。

富美 这怎么行……

纪子 的确少了点儿……

富美 这可使不得——

纪子 不过是一点点心意……

富美 使不得使不得!

纪子 拿着,妈妈——(抓起富美的手塞给她)

富美 这怎么能行呢。

纪子 (握紧她的手)请收下吧。

富美 不行,按道理我该给你钱呀……

纪子 不是那样……您请收下吧,妈妈。

富美　好吧，我收下了，真谢谢你。

纪子　（露出笑容）请收好了。

富美　你用钱的地方也多着呢，还要给我钱，我都不知道说什么好了。（拉过纪子的手）谢谢你，纪子……谢谢……

纪子　（开心地）妈妈，收拾收拾这就出发啰……

富美　哦。（悄悄地擦去眼泪）

纪子　妈妈，欢迎再来东京……

富美　嗯……不过，不知能不能再来了……虽然你很忙，但也抽空去尾道玩吧。

纪子　我很想回去看看呢，再近些就好了。

富美　是啊，毕竟太远了……

纪子站起来关窗户。
富美也起身，忽然在昌二的照片前站定，目不转睛地看着。
纪子注意到放在一边的牙刷和牙膏——

纪子　妈妈，您落东西了。

说着拿起来递过去。

富美　啊，又忘东西了……这阵子总是丢三落四的。

她笑着，把牙刷牙膏装进手提袋里。

112 夜晚 东京火车站 十号站台下的候车区

乘坐长途列车的旅客排着队等候检票。其中有周吉和富美,前来送行的幸一、志希和纪子,大家围聚在一起。

  幸一 等这趟车跑到名古屋或岐阜一带,天就亮了。

  周吉 哦。

  志希 到尾道几点?

  幸一 明天中午一点三十五分。

  富美 那给京子发电报了吧?

  幸一 嗯,发过了。车到大阪,敬三也肯定会出现在站台上。

  富美 噢。

  纪子 妈妈,在火车上能睡上一觉就好了……

  周吉 啊,这位在哪儿都能睡好呢。

  富美 睡不着也没关系,反正明天过晌儿就到了。

  志希 爸爸,再不要喝那么多酒咯。

  周吉 嗯,昨晚是因为阔别多年的老友相见……

  志希 头不疼了吧?

  周吉 嗯,好多了。

  幸一 喝太多啦。

  富美 这回可得到教训了。

  周吉 是啊……给大家添了不少麻烦,多亏大家照顾,我们过得很开心。

富美　你们都很忙，还费心照顾我们……话说呀，该见的也都见到了，所以，日后再有个三长两短的，大家就不必特意跑一趟了……好吧……

志希　（笑笑）妈妈是怎么啦，说这么泄气的话，简直就像人生最后的道别……

富美　嗯，我说真的呢，毕竟离得太远了。

| 开始检票的播报——
旅客们纷纷站起来。
他们几个也分头拎起行李。

志希　人真多呀。

幸一　嗯，不过这节车厢还有足够的座位呢。

| 缓缓行进的乘客队列——
检票口上方的时钟——
广播还在继续。

113　大阪风光（早晨）

| 大阪城——
工厂区林立的烟囱等等——

114 站内某地 能望见大阪城

| 敬三（27岁，周吉的三儿子）步履匆匆地横穿铁轨而来。

115　站内办事处

> 四五个站务员正在工作。
> 敬三进来。
> "早上好。"
> "早上好。"

敬三　（对前辈）昨天真对不起。
前辈　哦，是你爸爸妈妈来了？
敬三　是的，事发突然。本来不该在这里下车的，可我妈妈在车上晕倒了……
前辈　什么情况？
敬三　不知怎么回事儿，说这儿堵得慌，很难受。
前辈　心脏有问题吧？
敬三　不是，大概是晕车吧，她多少年都没坐过火车了呢。

> 边工作边说——

敬三　昨天忙得团团转。到被褥出租店去租被子，两次跑去请人夫，一团糟。
前辈　嘿，那现在怎么样？
敬三　已经好了，今天早晨跟没事人一样。
前辈　你母亲多大年纪了？
敬三　呃，多大了呢，六十多了，是六十七还是六十八呢？

前辈　千万照顾好老人家。子欲养而亲不待呀。

敬三　是啊，坟墓里也不能盖被子，父母死后再想孝顺也晚喽，哈哈哈哈。

| 随后继续工作。

116　敬三住的公寓

| 郊外一座简陋的大杂院的二楼，透过窗户可以看到对面林立的烟囱。
富美从病床上坐起来，吃粉状的药。

周吉　——大概是因为火车上太过混乱，所以才晕倒的吧。

富美　可能是吧。

周吉　好点了？

富美　嗯，完全好了，照这样看今晚就能动身。

周吉　算了，还是多叨扰他们一晚上，咱们坐明天那趟不挤的火车回去吧。

富美　京子要放心不下了。

周吉　唔。

富美　——不过，我没想到会在大阪下车，还能看看敬三，才不过十天左右，孩子们全都见过了……

周吉　唔。

富美　孙子们也都长大了……

周吉　唔——老辈人常说，孙儿比子女更可爱，你怎么看？

富美　你呢？

周吉　我还是觉得自己孩子可爱。

富美　是啊。

周吉　可是，孩子们长大后就变了。志希小的时候不也是温柔可人嘛。

富美　是啊。

周吉　女孩子嫁人后就变了。

富美　幸一也变了呀。那孩子原本也是温厚可亲的呢。

周吉　完全不是父母期待的样子……（两人都凄凉地笑了）——真是欲无止境呀，其实咱们还算不错的。

富美　当然不错，相当不错啦。我们是有福气的呢。

周吉　是啊，咱们很幸福呢。

富美　就是啊，我们很幸福。

117　东京　清晨　幸一家

│里院，小勇在玩沙子。

118　诊疗室——候诊室

文子在候诊室打扫卫生。
幸一在诊疗室看信。

幸一　爸爸妈妈返程时竟然在大阪下车了呢。
文子　是吗?
幸一　好像是妈妈在火车上身体不舒服,说是十日下午才回到尾道。

文子朝诊疗室走来。

文子　已经没事了吗?
幸一　好了吧。写了好多感谢的话。
文子　妈妈一定是累的。
幸一　嗯,偶尔旅行一次,路途又这么长。
文子　这趟旅行他们还满意吧?
幸一　自然是满意啰。到处游览观光,热海也去过了……
文子　也是。
幸一　估计最近一段时间张口闭口都是东京见闻啰。

他站起身正要去里屋,这时电话铃响了。

119 走廊

│幸一过来接电话。

  幸一 喂,啊,是我。欸?电报?没收到。哪儿发的?

120 丽晴美容院

│志希在打电话。

  志希 尾道来的,是京子发的呢。奇怪呀,说妈妈病危呢。欸?嗯,就是嘛。

121 幸一家的电话

  幸一 这就奇怪了,我刚刚接到爸爸写来的感谢信……不过信中说了,妈妈在火车上不舒服,在大阪下了车,还说十日回到尾道……嗯……嗯……是这么回事儿呢。

│不知什么时候,文子也过来了,不无担心地听着。

送电报的画外音 (在玄关处)平山先生,有您的电报。

│文子匆匆出去。

幸一 （听到声音对电话里说）啊，等一下。

122　玄关

文子从诊疗室拿着印章出来，收下电报。

文子　谢谢……

随后立刻折返回来。

123　走廊

文子拿来电报。

文子　尾道来的呢。
幸一　快念。
文子　母病危，京子……
幸一　（对着电话）喂，喂喂，我也收到电报了。

124　丽晴美容院

志希　是吗？到底是……唔……唔……是啊……总是要回去探望的……哎……哎……好，见面谈。

125　走廊

　　　　幸一　好，那我等你。
| 放下电话。

　　　　文子　怎么这么突然呢？
　　　　幸一　呃……
　　　　文子　真这么严重吗？
| 幸一径直朝里屋走去。

　　　　文子　是不是应该通知纪子？
　　　　幸一　哦，给她去个电话。
| 说完就走了。
　文子拨电话。

126　纪子的公司

| 年轻的事务员接起电话。

　　　　事务员　（漫不经心地）是是，米山商社，在，请稍候。
| 然后冲纪子道——

　　　　事务员　平山小姐，电话——
　　　　纪子　我的？

| 她起身走来。

> **纪子** 喂，噢，嫂子？——嗯……欸？妈妈？……嗯……嗯……怎么会这样……嗯……嗯……多谢……

| 她放下电话回到桌旁，怔怔地想了会儿，不久她又站起来，朝室外的安全楼梯方向走去。

127　安全楼梯上

| 纪子到来，良久沉思。

128　幸一家　诊疗室

| 志希和幸一在交谈。

> **志希** 怎么会这样呢？若说是爸爸出了什么状况还好理解……
>
> **幸一** 嗯。
>
> **志希** 妈妈身体一向很好啊。有那么严重吗……
>
> **幸一** 嗯，毕竟都说病危了，怕是情况不妙。
>
> **志希** 还是要回去一趟吧？
>
> **幸一** 嗯。

东京物语

志希　记得妈妈在东京车站就说了好些奇怪的话，说什么万一有个三长两短不必回去啦……我还觉得她说话不吉利呢，到底还是有预感吧。

幸一　嗯，可是不回去总不行啊。

志希　是啊，都说病危了——既然回去那就越早越好，就坐前些日子他们乘的那趟火车怎么样？

幸一　不过，我得先把家里安排妥当。

志希　我也一样啊——最近正忙着呢……

│玄关有客人来。一位老太太带着个头缠绷带的孩子。

幸一　（看见）请进。

│于是志希进了里屋。
　老太太带着孩子进来。
　文子出来。

幸一　（对文子）哎，去取绷带来——

│他吩咐一声就进了里屋。

129　里屋

│志希和幸一。

幸一　不管怎样，就坐今晚的夜班车走吧。

志希　可不是，既然要去……那么，就这么说定了——我回去了。

幸一　嗯。

| 幸一转身正要回诊疗室——

志希　哥哥，等一下——

幸一　怎么啦?

志希　丧服怎么办? 要不要带去?

幸一　唔……带着可能好一些吧。

志希　对，还是带上吧。带去用不上，是最好不过了。

幸一　那当然。

志希　那么，东京车站，老地方会合——我提前赶去。

幸一　好。

| 志希回去，幸一返回诊疗室。

空无一人的房间——

130　尾道

| 平山家所在的胡同——

131　平山家 套廊

│竹竿上晾着冰袋等物。

132　日式房间

│富美昏睡不醒,周吉和京子守在枕边。挂钟敲了一响。

　　　京子　(抬头看了看钟)爸爸,我出去一下。
　　　周吉　啊,你去吧,辛苦你了。
│京子起身走了。

133　京子的房间

│京子进来,解下围裙,稍微收拾一下就出去了。

134　玄关

│京子静静地走了出来。

135　胡同

京子走出了胡同。

136　日式房间

看着富美昏睡的脸,周吉轻轻地叹了口气。
富美微微动了一下。

　　周吉　哎,你怎么样?……嗯?……热不热?

可是富美依然昏迷不醒。

　　周吉　孩子们都从东京回来看你……京子刚走,去接他们——很快就回来,很快就回来啊……

始终昏迷不醒的富美——

　　周吉　(摇着扇子咕哝着)会好起来的……会好的……会好的……好起来吧……

可是,这些话只是周吉一个人的自说自听。

137 庭前

| 七月的微风中,花草兀自摇曳。

138 夜晚 平山家 厨房

| 昏暗的灯光下,京子在凿冰块。

139 日式房间

| 大夫在场,幸一正给富美做检查。富美依然昏睡不醒。
周吉、志希、纪子几个人忧心忡忡地守候在侧。
京子拿来冰袋,跟大家一起不无担心地看着。

  大夫 放过血,血压也降下来了,可就是不能摆脱昏迷状态……

  幸一 啊,是吗?(用手电筒检查瞳孔)反应太微弱啦。

  大夫 是的。

| 不一会儿检查完毕——

  幸一 (对大夫)啊,多谢……

  大夫 那么,我先回去……

  周吉 总麻烦您。

  大夫 保重。

说完大夫起身。纪子送客。
京子给富美换冰袋。
远处传来火车的汽笛声。

  志希 （嘟囔着）敬三怎么搞的，这都什么时候了。——（对京子）电报有回电么？

  京子 没，没有任何音讯……

  志希 他在大阪，理应最早回来呢……

纪子返回。

  幸一 （趁此机会）爸爸，您来一下——（站起来，对志希）你也来……

然后他去了套间。

140 套间

幸一进来，等着周吉和志希。
两人跟进来。

  幸一 （依然站着）爸爸，妈妈的情形很不好呢……

  周吉 是吗？

周吉和志希坐了下来，然后幸一也坐下来。

志希　不好会怎样？

幸一　唉，不行了——（对周吉）这么长时间昏迷不醒，显然情况非常糟糕啊。

周吉　是吗……怕是上次去东京，累坏了吧——？

志希　不可能呀。何况在东京时，妈妈精神还那么好，是吧？（瞅了一眼幸一）

幸一　呃……哎，或许有点儿关系。

周吉　那怎么办？

幸一　——看情形，能挨到明天早晨就算不错了……

志希　（忽觉心口堵得慌）明天早晨？

幸一　唔……挨到天亮算万幸。

周吉　（泄了气）是吗……这就不行了？

志希突然流下泪水。

幸一　妈妈六十八岁了吧。

周吉　啊……（喃喃自语）是吗……这就不行了……

幸一　——看情形就这样了。

周吉　（喃喃自语）是吗……这就不行了……

幸一　出去吧……

他起身回到起居室。

141　日式房间

纪子和京子担心地看着幸一，幸一默默地在富美枕边坐下。

142　里间

周吉和志希——

  周吉　（夹杂着叹息有气无力地说）——都等不到敬
    三回来吗……

志希又忍不住悲从中来。
周吉缓缓起身回到起居室。

143　日式房间

周吉回来，静静地坐在富美枕边，悲伤地盯着她昏睡的脸，强忍着眼中的泪水。

144　黎明时分

天蒙蒙亮了——东方天色渐明，曙光乍现，尾道即将迎来初升的朝阳。

没有人影的车站站台——

没有行人往来的大街——

冲刷着岸边石垣的静静的波浪——

145　平山家

富美的脸上蒙着白布。
志希、幸一、纪子、京子全都难过地垂着头。
京子时不时地擦擦眼泪，就像想起什么似的。

  志希　（幽幽地）——这人啊，可真没劲儿哪……

谁都没答话。

  志希　（擦擦眼泪）——身体明明那么好哪……

京子和纪子也轻轻地拭去眼泪。

  志希　——到东京来，也是事先有预感了吧。
  幸一　唔……是啊……
  志希　不过，幸好来这一趟呢，我们才能见到妈妈健康的样子，还说了好多话……（忽然注意到什么）纪子，你带丧服了吗？
  纪子　没带，太匆忙……
  志希　噢，要是带上就好了。京子，你有吗？
  京子　没有。
  志希　总得借一件吧，不管哪儿的。
  京子　……
  志希　先去借回来吧，连纪子的一起。

京子、纪子都没作声。

  志希 ……不过,这也算寿终正寝吧。毕竟妈妈一点儿没遭罪,走得很安详……(正说着,忽然听到门口有动静)是不是敬三回来了?

| 京子立刻起身出去。

146 玄关

| 敬三正在脱鞋。
 京子出来。

  敬三 怎么样了?
| 京子悲从中来,默默地垂下头。

  敬三 是吗……我来晚了吗……我就怕这个啊……
| 他无力地脱下鞋。

147 起居室——日式房间

| 敬三说着"大家好",同京子一起进来。
 大家跟他打个招呼"回来了"。

  敬三 (对幸一)偏不凑巧,我去松阪出差了,这才回来晚了,真对不起。(对志希说)电报送到

东京物语 *131*

　　　　的时候我不在公司啊，姐姐。

志希　哦。

敬三　真是晴天霹雳啊，妈妈几时走的？

志希　——今天早晨，三点十五分……

敬三　哦……我要是坐八点四十分开往鹿儿岛方向的车就赶上了……

幸一　敬三，妈妈——走得很安详呢。

|敬三起身靠近亡母的枕前，掀开白布，出神地盯着亡母的脸。眼泪夺眶而出。
　大家守在一边，擦着眼泪。

幸一　（忽然回过神来）啊，爸爸哪儿去呢？

志希　是啊，他去哪儿啦——？

|纪子起身，边留神院子里的动静，边朝玄关方向走去。

148　大门外

|纪子出来，东张西望地寻找着。

149　山崖上一块空地　可以俯瞰市区和大海

|周吉孤零零地立在那里。
　纪子走来。

纪子　爸爸——

周吉　（回过头来）啊……

纪子　敬三回来了。

周吉　哦，是吗……（无限感慨地）唉，黎明真漂亮啊。

纪子　……（一阵儿心酸，低着头）

周吉　……今天还会热起来呢……

随后他静静地往回走。纪子低着头悄然跟在后面。

150　寺庙院内

炎热的阳光下，不见一丝人影，只听见木鱼声声。

151　正殿

富美的葬礼正在举行。

周吉、幸一、志希、纪子、敬三、京子一溜儿排开——

对面是参加葬礼的亲朋——其中，有那位邻家主妇，也有京子学校的小学生代表，一众人等。

诵经声、木鱼声……

这时，不知为什么，敬三突然起身向外走去。

志希、纪子等人回头望着他，面带疑惑。

152 僧房

| 敬三走来，呆呆地站了会儿，然后坐下，呆呆地看着外面。

153 墓地（敬三的视角）

| 墓地对面，远处的海面波光粼粼。

154 僧房

| 发呆的敬三——
  不一会儿纪子走来。

纪子　怎么了呢?

敬三　（依然背对着纪子）——那个木鱼声，我实在受不了。

纪子　为什么?

敬三　不知怎的，就觉得妈妈正随着空空的木鱼声化为乌有……（说着擦擦眼泪）

纪子　（悲伤地看着他）……

敬三　——我再也不能尽孝了……

纪子　……（低着头）就快上香了……

敬三　妈妈这一走真叫人难过……坟墓里也不能盖被

　　　　　子，子欲孝而亲不待呀……

说完敬三站起来回去了。

　纪子静静地抹去眼泪，跟随其后。

155　那块墓地

远处的海面波光粼粼，诵经声不绝于耳。

156　海岸

浪涛哗啦哗啦地冲刷着海岸。

157　临海大街上　一家老饭馆的二楼

参加葬礼归来的周吉、幸一、志希、纪子、敬三、京子，六个人围坐在矮脚饭桌旁。

　　　幸一　（给周吉斟酒）爸爸，记得从前，我们曾经在这间屋子看过焰火呢。
　　　周吉　嗯，是啊。

志希　对对，是住吉庙会[1]的晚上。敬三，你还记得吗？

敬三　不记得啦。

幸一　你呀，那时天还没黑就一个劲儿地闹腾，等到焰火绚烂时反倒睡熟了。

志希　是呀，你枕着妈妈的腿，呼呼大睡……

敬三　我一点儿印象也没有呢。

幸一　那个时候，爸爸你做什么工作？

周吉　我啊……大概是市教育科科长吧？

幸一　是吗？真是陈年往事啰……

志希　对了，那年春假，咱们大家曾一起去大三岛玩——

敬三　啊，这事我记得。当时妈妈还晕船呢……

周吉　哦，还有这么一码事儿啊……

幸一　那时候，妈妈特别精神……（问周吉）那时有多大年纪呢？四十……

周吉　嗯，四十二三岁吧……

志希　爸爸，您真得好好地保重身体……

周吉　嗯。

志希　您可要长长久久地活着……

周吉　好啊，谢谢。

---

1. 住吉神社是日本代表性神社之一，全日本有两千多家住吉神社，每年七月左右多举行祭祀活动。

说完他缓缓地站起来，出去了。

大家一时陷入沉默——

> **志希** ——不过，怎么说好呢，说句不中听的吧，要是可以选一个的话，我觉得还是爸爸先走为好呢。
>
> **辛一** 唔。
>
> **志希** 这以后京子出嫁了，剩下爸爸一个人可怎么办呢。
>
> **辛一** 是啊。
>
> **志希** 换作是妈妈，那就接到东京来，总会有办法的——对啰，京子，妈妈有条夏天用的和服腰带吧，灰色的，露芝[1]花样的……
>
> **京子** 嗯。
>
> **志希** 我想作为母亲的遗物保管它，行吗？哥哥——
>
> **辛一** 哦，行啊。
>
> **志希** 还有，碎白点花纹的上等麻布，那个也还有吧？
>
> **京子** 有。
>
> **志希** 那个我也想要。

这时周吉回来。

> **周吉** 多亏大家，所有的事情都已处理妥当。你们都

---

1. 花样名称，中央弧线凸起，作为草坪散开，大小不一的点分布各处，看着像露水。

很忙，还特意远道赶来，麻烦你们了，谢谢。

说着他鞠了一躬。

所有人顿时郑重起来纷纷还礼。

周吉　幸一还给看了病，你们妈妈也没什么遗憾了……

幸一　唉，惭愧，一点儿忙也没帮上……

周吉　——其实，曾经有过预兆。就是前几天去东京，在热海的时候，有一次，你妈妈忽然就跟跟跄跄的……

幸一　啊——？

周吉　不过，当时也没感觉很不舒服……

志希　是吗？那爸爸您为什么不说呢？哪怕就跟哥哥一个人说说也好哇……

周吉　说的是啊。

幸一　不过，不是那个原因呢。妈妈还是太胖了，才会突然发病的。

志希　是吗……不过，真像是一场梦啊……（忽然转变语气）哥哥，你什么时候回去？

幸一　唔，我得赶快回去了……

志希　我也是呢。就坐今晚的快车，怎么样？

幸一　行啊——敬三你呢？

敬三　我不用那么急。

辛一　那行。(对志希)那咱俩今晚走吧?

志希　嗯。——纪子时间充裕吧?留下来陪陪爸爸吧。

纪子　嗯。

周吉　不用了,都挺忙的,回去吧。

敬三　那我也一起走吧。我出差报告还没写,还有棒球比赛——我也回吧。

周吉　哦,那么忙还特意跑一趟……

志希　可是,爸爸,今后的日子会很寂寞的。

周吉　不要紧,很快就会习惯的。

志希　京子,帮我盛碗饭……

|京子默默地盛饭。

志希　敬三,回去路上你转去车站,把今晚的车票先买好吧。

敬三　(点点头)也给我盛碗饭……

志希　(从京子手中接过碗)——但愿能有空座……

|大海反射的阳光映在隔扇和天花板上,闪闪烁烁——

158　*海岸*

|海浪哗啦哗啦地拍打着岸边的石垣。

159 胡同

| 从这里可以看到对面的大海——

160 平山家 院子一角的菜园

| 周吉在菜园里打理蔬菜。

161 厨房

| 纪子把便当装进便当盒里。

162 房间

| 京子准备去学校。
  纪子进来。

  纪子 给,便当拿着——
  京子 太谢谢了。
  纪子 (边给京子抻着衬衫的褶皱)——叨扰你们太久了……京子,放暑假到东京来吧。
  京子 嫂子,非得今天走吗?
  纪子 嗯,必须得回去了。

京子　是嘛……可我不能送你……

纪子　不用送。暑假真的要来呀。

京子　（点头）嫂子你能待到今天，我真高兴——（边包便当边说）其实哥哥姐姐才应该多待两天的。

纪子　不过大家都挺忙的。

京子　可是未免太自私咯。只说想说的话，指手画脚的，说完立刻拍屁股走人呢。

纪子　他们也没办法呀，毕竟都有工作。

京子　难道嫂子你就没有工作？他们就是自私！

纪子　不过，京子——

京子　哼，妈妈一死立刻索要遗物，什么事儿呀，我一想到妈妈的感受，就非常难过。连外人都比他们有人情味呢。父母子女之间不该是这样的。

纪子　不过，京子，我像你这么大的时候，也是这么想的呢。可是这孩子一旦长大，就会逐渐地离开父母，是不是呀？待到了姐姐那般年纪，便会有了与父母不同的、属于姐姐自己的人生。我想姐姐那样做也绝非出于心术不良呢，无论谁都会觉得自己的生活是最重要的。

京子　是吗？不过，我可不想变成那样。那样的话，父母子女一场还真是没劲啊。

纪子　是呀，可是大家还不都是这么走下去的嘛。不

    知不觉就变成那样啦。

 京子 那么嫂子也会变成那样?

 纪子 嗯,虽然不想,终究还会那样哟。

 京子 真讨厌啊,这世间……

 纪子 是啊,净是令人生厌的事儿……

 京子 (转变心意)嫂子,我得走了……

 纪子 噢,路上小心。

京子出了套廊朝院子那边走去。

 京子 爸爸,我走啦。

她打了声招呼就向门口走去。
纪子送她出去。

163 玄关

二人走来——

 京子 那么,嫂子你多保重。

 纪子 嗯,谢谢,你也注意身体。

 京子 嗯。

 纪子 暑假一定要来呀。

 京子 好的,那么,再见。

 纪子 再见。

京子　我走了。

京子微笑着走了出去。

164　房间

纪子回来，在那里收拾整理。
周吉边擦手边走了进来。

周吉　京子上班了？

纪子　嗯。——爸爸，我坐今天午间的火车……

周吉　哦，要回去了。麻烦你这么久，对不起。

纪子　哪里呀，我什么都没做。

周吉　唉，你留下来可帮了大忙呢（坐下来）——你妈妈也会高兴啊。东京那会儿还住在你那里，受到你热情款待……

纪子　哪有啊，我都没有什么好好招待你们……

周吉　不，你妈妈曾说过，那天晚上她最开心呢——我也要说声谢谢，谢谢你。

纪子　太客气了。

周吉　妈妈也一直记挂着你呢，担心你今后的日子啊。

纪子　——？

周吉　再怎么说也不能总这样啊。遇见合适的，你就嫁了吧，什么都不用顾虑。忘了昌二吧。你再这么

　　　　一直下去，我心里反倒难受了——真是难为你。

纪子　不，不是那样呢。

周吉　就这么回事儿呀。你妈妈也夸你呢，说再没有像你这么好的人了。

纪子　妈妈太高看我了。

周吉　并没有高看呢。

纪子　不，我没有妈妈说的那么好，如果连您也这么高看我，我反倒要惶恐不安啦……

周吉　呀，没有的事儿。

纪子　不，的确是呢。其实，我很虚伪呢，并非像二老所认为的那样，一门心思地念着昌二呢。

周吉　我说，忘了才好呢。

纪子　可是，这段日子经常会有想不起来的时候，遗忘的日子越来越多了。我也感觉长此下去不是回事儿。有时夜半醒来忽然会想如果就这样孤身一人生活下去，究竟会怎样呢？一天天无所事事地打发时光会很寂寞呢。在我的内心深处还有所期待——所以我很虚伪。

周吉　这不叫虚伪。

纪子　不，就是虚伪。我并没有跟妈妈坦陈这些事儿。

周吉　——这没什么。而且，你依然是个好人呢，真诚正直……

纪子　哪里有。

周吉　唉……

随后，他站起来从佛龛的抽屉里拿出一块女式怀表，来到纪子跟前。

周吉　这是你妈妈用过的表——或许现在这种东西不时兴了，不过正好是在你这般年龄的时候，你妈妈开始戴的，且留着做个纪念吧。

纪子　可是，这么珍贵……

周吉　好啦，收下吧。（递给她）能够给你用，你妈妈一定很开心。

纪子　（难过地低下头）……谢谢……

周吉　唉……爸爸衷心希望你能放下顾虑早日得到幸福——真的呢。

纪子鼻子发酸，于是用手捂住脸。

周吉　——你说怪不怪……比起我们自己生养的孩子，说来你算是外人，可是你却比他们几个待我们更亲……唉，谢谢你。

周吉怃然叹息，而后低下头去。
纪子强忍着泪水。

165 小学校舍

| 传来一阵阵歌声。

166 眺望着大海的山丘

| 这是校外授课的写生时间。
孩子们四下里散开写生。
京子在孩子们身边转悠着,忽然间她看了看手表,便朝着一个方向跑去,然后站定俯瞰下方。

167 下面的铁路

| 上行列车从对面驶来。

168 山丘

| 京子恋恋不舍地张望着。

169 飞驰的列车

170　车内

纪子恋恋不舍地望着窗外。

171　透过车窗看到的尾道的群山——

172　车内

纪子将亡母的遗物——怀表——放置耳旁，沉湎于眷恋之中。
汽笛声在山谷间回荡。

173　平山家

周吉孤零零地坐在檐廊下，眺望着远处的大海。
邻家主妇今天照旧隔着窗户打招呼。

    主妇　孩子们都走啦，这日子可就孤单了。

    周吉　唉……

    主妇　真是太突然了啊……

    周吉　是啊……是我太粗心了，早知如此，在她活着的时候我就该待她更好一些呢……

    主妇　……

周吉　——一个人过日子，日子忽然就变长了……

主妇　确实啊……真冷清啊……（说完走了）

周吉　唉……

|周吉独自眺望着大海，不由得长叹一声。

174　大海

|往返于岛屿之间的汽艇砰砰地驶向远方。

175　檐廊下

|周吉出神地眺望着那艘汽艇——

176　大海

|汽艇的砰砰声响像梦一样渐行渐远。
　濑户内海七月的某个下午。

—— 终 ——

早春

> 1956年（昭和三十一年）
> 松竹大船制片厂
> 现存剧本、底片、拷贝
> 16卷，3956米（144分钟）黑白
> 1956年1月29日公映

职员表

制片　山内静夫

编剧　野田高梧　小津安二郎

导演　小津安二郎

摄影　厚田雄春

美术　滨田辰雄

音乐　妹尾芳三郎

录音　加藤政雄

照明　斋藤高顺

音乐

北川志希	浦边籴子
章一	田浦正巳
服部东吉	东野英治郎
平山	三井弘次
坂本	加东大介
富永荣	中北千枝子
荒川总务部长	中村伸郎
三浦勇三	增田顺二
母亲纱都	长冈辉子
菅井之通	菅原通济

出场人物

杉山正二　　　池部良
昌子　　　　　淡岛千景
金子千代　　　岸惠子
青木大造　　　高桥贞二
光美　　　　　藤乃高子
小野寺喜一　　笠智众
河合丰　　　　山村聪
雪子　　　　　三宅邦子
田村精一郎　　宫口精二
玉子　　　　　杉村春子

1 清晨 六乡河堤

| 天色微明，霓虹广告灯尚未完全熄灭——

2 清晨 铁路

| 上行电车飞驰而过。

3—4（空）[1]

5　杉山的家

拉着窗帘的玻璃窗，沐浴着清晨的阳光——
杉山正二（习惯称呼为阿杉，33岁）与妻子昌子（30岁）并排躺着睡觉。枕边的闹钟响了。
杉山嫌吵似的，缩进了被窝里。
昌子迷迷糊糊的，无意识地关闭了闹钟铃声。
昌子好不容易睁开眼睛，迅速爬了起来。

6　胡同

杉山家的便门开了，穿着睡衣的昌子走出来，把茶叶渣丢到垃圾箱。对面田村家的主妇玉子（45岁）正在清扫后门口处。

   玉子　早上好。

   昌子　早上好。

   玉子　再不来收垃圾就麻烦了。

   昌子　可不是嘛。

   玉子　区政府到底是干什么的。

---

1. 原文空缺，下文还有多处，不再注释。

昌子扔了茶叶渣转身回家，玉子也将归拢起来的垃圾丢进垃圾箱，进了自家的便门——

7　田村家

穿着睡衣的精一郎（52岁）在厨房水池边刷牙。

玉子进门后走过来，一边将精一郎垂下来的腰带给别好，一边说道——

  玉子　让一下——

她从一旁探着身子洗手。

  玉子　你今天回来时可别忘了哟。

  精一郎　什么？

  玉子　昨晚我不是跟你说过了嘛，真拿你没办法。

说完她擦了擦手去了里面。

  精一郎　到底什么嘛？

  玉子　卫生间的灯泡啦，要五烛[1]的。

  精一郎　那买两个吧？

  玉子　一个足够了。（边收拾着饭桌边说）用完了，记得把水池子冲洗干净哦。

---

1. 光照强度的单位，1烛约等于1.0067坎德拉。

精一郎　唔。

| 然后他噗地吐出一口唾沫，咕噜咕噜地漱口。

8　杉山家

| 杉山依然盖着被子大睡。换好衣服的昌子进来。

　　昌子　起来了，听见没？没时间啦。

| 杉山没有反应。昌子将自己的铺盖收进壁柜，一边说着话。

　　昌子　喂，迟到了我可不管啊。

| 杉山勉勉强强爬起来，看了看闹钟。

　　杉山　怎么搞的，这不还有五分钟嘛。
　　昌子　今天早晨要刮刮胡子吧？
　　杉山　不刮啰。
　　昌子　都冒出来了。

| 说完她返回厨房。杉山点上一支烟。

　　昌子　早饭吃面包哦。
　　杉山　又吃面包啊——
　　昌子　可是，你昨晚回来后，不是吃了茶泡饭嘛。

| 杉山不作声，挠着后背。

昌子　你别玩麻将了。

杉山懒洋洋地站起身，打开玻璃窗，漫不经心地望着院子，呼地吐出一口烟。

9　街道

正是上班族以及学生们出门的时间。

行人三三两两地走着——

10　另一条街道

行人逐渐增多——

11　车站附近的街道

行人越发多了起来——

12　蒲田站西口

刚刚走来的人群，再加上乘坐目蒲线或者池上线，在此下车换乘的人们，汇聚成人流，向着国铁站台方向蜂拥而去。

13 蒲田站西口 国铁站台

正是所谓的上下班客流高峰时段,车站非常拥挤。

车站播报 本次二号线的电车将于八点十八分从蒲田站始发开往大宫方向。

这其中有一些人,虽然各自的公司不同,但因为总在同一时间共同乘坐同一节车厢,所以成了好朋友。
杉山、青木(绰号阿侬)、藤井(绰号大个)、田边(绰号雷鱼),还有一位女士木村市子(绰号桃子),等等,他们几个热热闹闹地谈笑着。
这时金子千代(绰号金鱼)和野村等人到来,又加入了聊天队伍。

千代 早上好。

杉山等人齐声 早上好。

青木 (对野村说)喂,昨天晚上多给了你十瓶呢。

野村 那种事情可能吗?(对杉山)喂,昨天晚上商量的事情,要不要跟大家伙说说呢?

藤井 噢,听说了听说了。

桃子 不挺好的嘛,很有趣呢。

田边 今天中午咱们集合,详细讨论一下吧。

千代 什么呀,什么事儿?

杉山 好事儿,很有趣。

青木 好玩好玩。就不带你去呢。

千代　什么呀，要去哪儿？你说呀，阿侬。

青木　好地方呀，很好玩啊。

杉山　啊，来了。

| 空电车进站。

14　东京站

| 车站情景——

15　丸大厦

| 镜头描述一下——

16　"东和耐火砖"办公区（丸大厦七楼）

| 年轻的职员林与稍稍年长一些的安藤，透过玻璃窗俯瞰外面的广场。

林　上班族的人流简直就是河水泛滥啊。

安藤　唔。

林　人山人海啊。

| 镜头描画一下场景。

安藤　我们也是刚刚从那边步行过来的呢。

林　客观地说,偶尔坐早一班的电车来也不错啊。

安藤　是啊——据说每天早晨在东京车站下车的上班族有三十四万人之多,跟仙台市的人口数大致相同呢。

林　是嘛……(有点郁闷)三十四万分之一啊……

| 男女职员们陆陆续续来到,总数为十五六人。

社员　早上好。

社员A与B　早上好。

| 等等不一而足——
| 冈崎(与安藤年纪相仿)开始工作,这时他的邻座同僚川口到来。

川口　(从裤兜里拿出一张一百日元的钞票)给,昨天谢谢你啦。

冈崎　哦。(接过来)后来成绩如何呀?

川口　根本不出来嘛,就得了这么丁点儿个味精瓶(说着用手指示意瓶子之小),就一个呢,你趁早别惦记哟。

冈崎　是嘛……(扭回头去)呀,早上好。

杉山　(经过他们)早上好。

| 然后坐到自己的座位上,邻座是同事高木。

高木　早上好。

杉山　早上好。昨晚你去看三浦了？

高木　没去呢，刚好有点儿事情。

杉山　他情况很严重吧。

高木　嗯，瞧着不太好呢。

杉山　是嘛……

杉山面色稍稍凝重，他打开提包，取出文件等东西。
传来打字机的声响——
打字员们开始工作了。

16A　办公室的门

（插入镜头）"东和耐火砖"几个大字。
能听到打字的声响——

17　室内的电子钟

九点多了。

18　（空）

19　走廊

| 刚上班时的杂乱不见了,走廊上静悄悄的。

20　护城河畔成排耸峙的高楼

21—23　（空）

24　护城河畔　石墙之上

| 同乘电车的伙伴们聚在一起,有杉山、青木、田边、长谷川、野村、辻,以及田中则子、金子千代等人,他们随意组合,悠闲自得。

  田边　喂,就选这个吧。
  杉山　换乘联运方便吧?
  田边　啊,不行呢。
  千代　要我说,不管怎样,咱们八点在蒲田站集合不就得了嘛。
  青木　八点啊,有点早吧。

千代　就你事儿多啊。然后咱们沿路信步而行，总会有办法的。

田边　嗯，那就这么定了？

野村　会费多少？

杉山　之前，咱们去相模湖，费用多少？

田边　记得是四百块，还剩了点儿。

杉山　那这次也这么多吧。

野村　嗯。

杉山　（对所有人）那就四百块，行吗？

青木　没问题。

其他的伙伴们也纷纷赞成。

长谷川　那咱们去哪里玩？

则子　去江之岛后步行观光，徒步旅行哦。

长谷川　我知道是徒步旅行呢。

辻　可是，这个周日，我已经跟老婆有约了呢。

杉山　你们去哪儿？

辻　逛百货公司。

千代　你在说什么，我要展开诱惑啰。

青木　哇哦，来吧，来吧。

田边　诸位，那就这么定了，八点蒲田站碰头，有太太的可以带上一起，大个那边野村你来联系吧。

野村　好啊。

千代　桃子和茶亚子我来通知。

青木　赶个好天儿吧。

千代　放心吧，最近的几个星期天一直是好天气呢。

大伙儿都站起来，伸伸腰拍拍屁股上的尘土，等等。

野村　啊——又要开始工作了，啊——

25　丸大厦一角

沐浴着午后的阳光——

26　（空）

27　"东和耐火砖"办公室

工作中的杉山及其他成员——
拿着函件的川口从另一个房间返回。

川口　杉山，小野寺先生来了呢。

杉山　是嘛。

川口　在总务部长那里。

说完他回到自己位置上。

杉山放下笔，拿着函件起身出去。

28 走廊

杉山来到走廊上。

29 另一房间

在荒川总务部长（52岁）处，大津营业所所长小野寺喜一（45岁）正与他交谈。

  部长 （边看文件边说）这个近江制纸的两百吨货，应该很快就能完成交付。四日市这单还要跟工厂那边联络一下……

  小野寺 这样啊……（忽然回头看到杉山，表情不无怀念）嘿，你好吗？

杉山要递交文件，所以来到这里。

  杉山 好久不见。您什么时候来的？
  小野寺 昨晚坐夜行车来的。
  杉山 这样啊。
  小野寺 （对部长说）那就拜托您了。

部长　哦。

小野寺　（对杉山）咱们去那边吧?

杉山　好。

| 小野寺跟部长打了个招呼便离开了。

30　用屏风隔开的接待处

| 小野寺和杉山到来，坐在沙发上交谈——

小野寺　还好吧? 做得顺手吧?

杉山　嗯，还行吧……您这次来是为什么事儿?

小野寺　哦，拿下一个大订单呢。可是，常务董事不在，今天没法工作了。

杉山　是嘛。

小野寺　原本打算处理完立刻打道回府呢……哈哈哈哈，是吧。（笑着）你今天有空吗?

杉山　什么事儿?

小野寺　方便的话，咱们去河合那里，好不好?

杉山　好的，我陪你去。

小野寺　叫什么名字来? 那家伙的店。

杉山　是Blue-Mountain（蓝山）吧?

小野寺　哦，是的……那家伙也是个怪人呢。

杉山　我最近也一直没去看他……

小野寺　偶尔去坐坐嘛，他会很开心的。

杉山　是。对了，我听说大森先生会成为下一任的大阪营业所所长呢。

小野寺　有这回事儿，我刚听说了。难道又要进行大的人事变动？

杉山　有这个苗头呢，你会不会又回到这边来呢？

小野寺　够呛，我回不来呢，暂时还要流放孤岛。

杉山　那么，回头见……

小野寺　哦，回头见……

随后离开。

31　池袋

傍晚的天空中闪烁着霓虹灯的招牌——

32　（空）

33　"Blue-Mountain"的招牌

植入看板的特写镜头。

| Blue Mountain |

34 店内

隔着吧台,店主河合丰为小野寺和杉山斟上三得利。还有一位接近退休年龄的工薪族顾客在喝咖啡。

河合　是嘛,那家伙即将荣升大阪营业所的所长啰。

小野寺　嗯。

河合　荒川呢?

小野寺　那家伙不会动的,他精明着呢。

河合　的确啊,因为他的目标是工会委员长,从而晋升董事啊。

小野寺　刚才我也见到他了,那副嘴脸俨然已是重量级的董事,真可笑啊。

河合　(笑着)那家伙对你们怎么样?

杉山　我向来被看成小野寺先生的党羽,所以压力有点儿大。

河合　哈哈哈,他就那德行啊,哈哈哈。

这时客人服部放下咖啡费离开。

服部　多谢款待。

河合　啊,感谢惠顾。

服部走出去。

河合　三浦怎么样?

早春

杉山　他看起来非常不妙。

河合　是吗？已经有三个月了吧。

杉山　嗯。

小野寺　三浦君，到底怎么回事儿？

杉山　心脏不好呢，一直在家休养。

小野寺　是吗？那可不行啊。

河合　这不荒川那家伙又要抱怨不休了。

小野寺　他是你的党羽呢，也会受到打压吧。

河合　不会有这种事儿吧，这都过去五六年了。

杉山　倒也未必，似乎影响还在呢。

河合　哈哈哈哈，是吗？这还纠缠不休啦。

|河合的老婆雪子从里面出来。

雪子　请吧。

河合　哦。（对小野寺道）咱们去里间吧，也没什么好招待的。

小野寺　好啊。

雪子　真是什么都没有呢。

小野寺　呀，扰了。

河合　那过去吧。

杉山　好。

雪子　那请吧。

|于是她先进入里间。

35　里面的房间

矮脚餐桌上已经备好了酒菜。
三人进来。

河合　请。

小野寺　哦。

雪子　请坐。

杉山　谢谢。

小野寺　不好意思，反倒给您添麻烦了。

雪子　哪里呀。（说着话的工夫她去掉啤酒瓶盖）

小野寺　啊，多谢。（接受斟酒）

雪子　大津那边，大家都挺好的吧。

小野寺　嗯，凑合着过吧，请一定过去玩啊。坐观光船兜一圈儿，琵琶湖的风光还是蛮不错的。（对河合说）就在前不久，我第一次带着孩子们去转了一圈呢。

河合　是吗？从前我经常在濑田川划短艇呢。还曾在石山集训过。

杉山　河合先生，您划过短艇啊？

河合　嗯，我划五号桨呢，现在不行了。

随后他满上酒。雪子离开。

河合　（对小野寺）干了吧，请。

小野寺　噢（接受），店里的生意怎么样啊？

河合　马马虎虎吧。中午客人还不少呢。也就图个不受拘束，自由自在吧。

小野寺　这多好哇，我很羡慕你呢。

河合　（边喝着啤酒边说）每天早晨，再也不用按时出门，仅这一点便省心不少呢。在电车上被挤得七荤八素的，我真受够了。

杉山　乱哄哄的，真是挤得要命呢。

小野寺　没办法，这也算上班族的宿命之一呀。

河合　既然讨厌，那就争取早日成为董事，这样就能坐着公司的轿车上下班啰。

| 大家都笑了起来。

小野寺　看来，还是你明智，早早放弃了。

河合　那也未必呀。

小野寺　哎，我最近也遭遇一些事情，让我越发讨厌这种生活，可一到关键时刻，我又总是下不了决心，孩子们也渐渐长大了。你想辞职的话也得抓紧哦。

杉山　真不喜欢啊，但我不会辞职的。

小野寺　是吗？

河合　当然不会。还有很多梦想啦,风华正茂呢。

小野寺　啊,无拘无束的生活真舒坦啊。

河合　其实,无论做什么都差不多呢,我也是工薪族啊。不过是跟人生讨饭吃罢了。今晚在这住下吧,怎么样?

小野寺　不必啦,就去杉山家叨扰一晚。

杉山　刚才我已经给家里去过电话了。

河合　是吗?如今这世道,无论做什么,都不会那么称心呢。

小野寺　唔。

河合　谁都有不满啊。

小野寺　这样想来,还是优哉游哉地过吧。

河合　是呀。没有比这合适的啦。

小野寺　唔。或许是这样吧。

| 他苦笑着饮尽杯中酒。

36　当晚　杉山家　二楼

| 客用的被褥已经铺好,门楣上挂着小野寺的衣服。昌子拿来水壶放在枕头旁,用布巾罩着枕头。

37 楼下

换上家常服的小野寺正在看晚报。
杉山在他对面——
这时昌子下来了。

昌子　您累了吧——房间收拾好了。

小野寺　啊,谢谢。承蒙关照。

杉山　水拿过去了?

昌子　是的——(问小野寺)您明天要早起吗?

小野寺　(问杉山)你平时坐几点的车?

杉山　八点二十八分蒲田发车……

小野寺　那我也坐那趟车吧。

杉山　您晚点儿再走也行吧,这趟车非常拥挤呢。

昌子　如果您不赶时间——

杉山　再说那个时间点,常务们还都没上班呢。

小野寺　没事,他们没去的话,我就在那附近闲逛一下,阔别已久啊——(站起来)我先去睡了。

杉山　晚安。

小野寺　对了,太太,到时间了记得喊我起床哟。

昌子　好的。——晚安。

小野寺　晚安。

于是,小野寺向二楼走去——

昌子　小野寺先生，略显老态了吧？

杉山　唔，这一块（鬓角附近）白发增多了啊。

昌子　可不是嘛，噢，差点忘了那个！

她拿着收拾好的东西去了厨房。

杉山　喂，这个周日，电车伙伴们又约着徒步旅行，你要不要一起去啊？

昌子　去哪儿？

杉山　去江之岛，然后步行。

昌子　你说我去不去呢？

杉山　去吧，桃子、胖妞都去呢，金鱼也去。

厨房里，昌子正在量取明天早晨用的大米。

昌子　哎，为什么管那个人叫<u>金鱼</u>呢？她不是很漂亮嘛。

杉山　那家伙呀，因为她眼睛好大的，而且性格有点儿放荡吧？据说她软硬不吃呢。

昌子　怪可怜的。——喂，老公，再等会儿吧。

杉山　干什么？

昌子　因为要淘米呢——明天早晨做美味米饭哦。

杉山　快点儿吧——小野寺先生，用那床铺盖行吗？

昌子　没问题的。

昌子开始淘米。

38　步行道

电车伙伴们在徒步。他们分成了几个小组三三两两地走着。最前头有一伙,接着便是青木、野村、金鱼这一组,再往后是杉山与山口,远远落在后面的两个人看不出来是谁。

青木　喂,休息一会儿吧。
｜他冲着最前头的几个说道。

　　茶亚子　不是刚刚休息过嘛。
｜然后继续走路。

　　青木　我说,在哪儿吃饭呢,喂!
｜前头的一伙,不理会他。

　　田边　那家伙,真啰唆啊。
　　桃子　刚才休息的时候,阿依都吃了五个夹馅面包呢。
青木画外音　喂,还不休息吗?
　　田边　别理他别理他。
青木画外音　喂——
｜青木这一组。

　　千代　快点跟上呀。
｜说完她停下来等着。青木和野村则继续赶路。

　　千代　(看着远远落在后边的两个人)他们俩为什么落后这么远呢?
　　杉山　啊,他们俩刚才已经吃过便当了。
　　千代　这样啊。

于是大家都笑起来。拿着相机的山口率先出发,快步向前。

  千代 为什么不带你家太太来呢?
  杉山 她今天回家了。
  千代 娘家?
  杉山 嗯。
  千代 带着一起玩就更好喽。
  杉山 唔。

青木那组。

  青木 (对野村说)我说,徒步旅行没什么意思啊。
  野村 不好吗?不觉得心情很好吗?
  青木 真无聊啊,我再也不想参加啦,绝对不想啦。
  野村 就你,上次不也这么说过嘛。

青木板着脸继续走路。
杉山与千代一组。

  千代 (擦着汗,忽然回头看了看)啊,来了一辆卡车。拦下来咱们搭个便车吧。
  杉山 你能拦下吗?

千代去到马路正中央,挥舞着手帕。
卡车停在了他们面前。

  千代 不好意思,拜托您了。你快点儿。

  杉山 打扰了。

|千代跟司机拜托几句,便和杉山两人上了车。
 卡车很快超过了青木一伙。

  青木 啊,喂喂喂!

|卡车上,杉山与千代笑嘻嘻地挥手。
 卡车接着又超过了更前面的一组。

大家齐声高喊 喂——喂——!喂,等等。喂,阿杉。叫卡车
(混在一起) 停下来呀……(等等,喊声不断)

  千代 我们先行一步,在前头等你们哟。

|眼看着卡车跑远了。

  千代 给。

|递给杉山口香糖。

  杉山 哦。

|于是两个人嚼起了口香糖……

众人一起喊 喂——喂——真狡猾呀,喂!喂!

|走得疲惫不堪的一群人……

39　傍晚　五反田附近

| 情景刻画——

40　街上

| 那里的一家小型杂烩店"喜多川"——

41　店内

| 还没有上客，昌子的妈妈志希（56岁）正往锅里下料。

  志希　今天天气真不赖，他带着你一起出去走走多
    好，出双入对嘛。
| 昌子在旁边的小房间里缝补围裙。

  昌子　那种事不仅费钱也没多大意思呢。就只能累个半
    死——对啦，三之轮[1]的伯父，有没有说什么？
  志希　他倒是什么都没说，但是不太妥呢。
  昌子　可我这不是没积蓄嘛。
  志希　话说回来，房租那么便宜，你上哪儿找去呀。

---

1. 日本地名，位于东京都台东区。

昌子　（淡淡地）我知道的。

志希　那就规规矩矩地付钱呗。

昌子　老公没本事所以办不到呢。

志希　这话我也说过呀，可你喜欢他就要在一起嘛。我不会再垫付啰——回去时，你要不要打包些杂烩，火候很好哦。

昌子　算了吧。

志希　可是，以前杉山每次过来，不是都吃很多蒟蒻嘛。他喜欢吃蒟蒻吧？

昌子　那时他还是学生，没钱呢。虽然他现在也没几个钱——妈妈，弄好了。

| 说着，将围裙给志希看。

志希　是吗？谢谢。
| 随后，她到房间入口处拿香烟。她喂养的一只叫美子的猫趴在那儿。

昌子　美子美子，妈妈，美子是不是大肚子了？

志希　好像是哦——你什么情况啊？再没动静了？

昌子　什么？

志希　孩子呗，不能生了？

昌子　再也不想要了呢。

志希　还是要个好，你不觉得孤单吗？

昌子　早就习惯了。

志希　要是那孩子还活着，明年就该上小学了。

昌子　好啦，别说了。幸一怎么样？

志希　最近这段时间，每到星期天他都去打工呢。

昌子　这么懂事啊。

志希　听说现在呀，即使大学毕业了也很难找工作呢。而且那孩子多少有点儿傲气吧。我很担心他呢。要是大学毕业后无所事事可就糟了。你要趁早跟杉山托付一下。

昌子　妈妈您真是操心呢。

志希　是呀，操心的命啊。杉山——工资涨了没有？

昌子　哪能经常涨啊！涨一千日元相当不容易呢，妈妈。

志希　是吗？

昌子　是的。

志希　这不我的电坐垫还没指望啊。

昌子　哪里还需要这个呀，天都这么热了——好了，妈妈，我该回去了。

志希　是吗？真不带点儿蒟蒻回去？

昌子　还是带着吧，一点点就好。

志希往锅那边走去。

昌子　妈妈，别忘了放芥末。

志希　知道啦（一边往食器里装着杂煮）——我还放了烧酒呢。今天的杂烩一准儿好吃，入味了……

42　丸之内　办公街

| 私家车、出租车一溜儿排开——

43　某间办公室的窗户

| 镜头刻画——

44　那间办公室内部

| 十四五个打字员手指不停地敲打着，一派繁忙景象。
　千代便在其中——她不知想起什么，不时地笑出声来。

　　邻座A　（瞪她一眼）怎么回事儿？刚才开始你就一个
　　　　　　人得意地笑着。
　　千代　哪儿有？
　　　A　是不是兴奋过头了？
　　千代　是吗？这都能看出来？怎么回事儿啊？
　　　A　说什么吆……喂，中午你去不去东兴园？烧
　　　　　卖、米饭套餐。
　　千代　今天不行呢，呵呵。
　　　A　什么事儿？
　　千代　不，也没什么……

A 到底什么事儿，这么古怪……

| 千代一个人边打字边开心地笑着。

A 摊上什么好事儿了吧。

| 千代不吱声，装模作样地继续打字。打字员A也继续打字，时不时地瞟她一眼。

45 有乐町附近

| 晌午时分。

46 中华料理店

女服务员 让您久等了。

店员 谢谢。多谢惠顾。

| 千代与杉山，在吃中华包子，一边说着话。

千代 今天早晨吧，晚了一班车，结果就和洋菜[1]赶一块儿了，他可真烦人呢。

杉山 怎么回事儿？

千代 还不是因为上次徒步的事儿，他吃醋了呗，嫉妒咱俩同坐一辆卡车呢。

---

1. 两个人熟知的某位电车伙伴的绰号。

杉山　这有什么啊，随他妒忌去吧。

千代　可是，这不很无聊嘛，什么事儿都还没有呢。

杉山　真要有什么可不得了啰。

千代　说的是。

杉山　就是嘛。

千代　但是，他为什么会嫉妒呢？哎，下次咱们再去哪儿玩吧？

杉山　唔，那就去吧。你住你哥哥家？

千代　不是，我姐姐那里。姐姐姐夫关系相当好呢。

杉山　这不挺好的，很令人羡慕呢。即使你晚回去，家里也不会唠叨吧？

千代　说还是会说的。不过，小事一桩，我单身自由嘛。你怎么样？晚回去的话，太太是否发牢骚？

杉山　有时会呢。

千代　呵。你怕你太太？

杉山　哦，怕呢。

千代　呵呵，还是怕点儿好，太太呢。

47　当天傍晚　杉山家附近

│昌子从家里出来把垃圾扔进垃圾箱——

早春

48 杉山家

|昌子在厨房里冲泡红茶。昌子的同学富永荣（30岁）正在起居间熨烫洗好的衣物。

  荣 这个熨斗，不怎么好用了，晃晃荡荡的。
  昌子 螺丝磨损严重，修不了的。
  荣 那就买个熨斗呗。
  昌子 买也就买了，可还能凑合着用嘛。

|说着话她端着红茶过来。

  荣 所谓的"凑合着"，还真是没劲呢。
  昌子 给。（端出冲好的红茶）—— 一会儿你还要回公司吗？
  荣 不回，今天直接回家，因为原稿已经领回来啦——枕套都裂开了呢。
  昌子 啊，别管那个了——你不喝吗？
  荣 喝。

|荣关闭电熨斗的开关，端起红茶。

  昌子 你多好啊，优哉游哉的。好羡慕你呢。
  荣 为什么？
  昌子 一个人无牵无挂的。
  荣 净胡说！等你老公死了你试试，还不得哭个稀里哗啦。

昌子　会吗？还是会哭的吧。

　荣　会的会的。号啕大哭哟。当年你不是说过，要是不能和杉山在一起就去死这样的话嘛。

昌子　是啊，还真说过那种话呢。都是老皇历了——甜度不够的话，还有砂糖哦。

　荣　足够，甜得发腻了，嘻嘻嘻……

昌子　这辈子你都不打算结婚了？

　荣　是呀。话说回来，真要遇见特别喜欢的则另当别论。

昌子　篠田也还没有结婚啊。

　荣　嗯。她可是彻头彻尾的单身，从一开始就没结过婚呢。学校毕业后，她便一直上班。在男人的世界里打拼，眼力见儿也会提高不少吧。

昌子　那么，她有在找吗？

　荣　或许会吧。不过，我公司的人这么说过，说这女人一旦上了岁数，心就慌了，到头来出乎意料，抓了个废物般的男人呢。

昌子　那你还是当心点儿吧。

　荣　说的是。毕竟不是别人的事情呢。

昌子　就是呀。（笑起来）

|玄关开启的声音——

昌子　谁啊？

杉山画外音　是我。

昌子　回来啦。

荣　这么早？

昌子　偶尔也会早些回来。

| 杉山进屋。

荣　你好——打扰了。

杉山　呀，欢迎光临。

| 随后他便去了二楼。昌子也跟着上去。

49　二楼

| 杉山一声不吭，脱掉外衣，摘下领带。

昌子　荣来鹈之木[1]取原稿，顺便过来了。

杉山　嗯。我肚子饿了，饭还没做吗？

昌子　没呢。

杉山　怎么搞的，饭都没做。

昌子　正好荣也来了，我去买点肉。

杉山　现在去买吗？

---

1. 日本地名，位于东京都大田区。

昌子　是呀。

　　杉山　还是算了吧。

他有点儿不高兴，直接下楼了。

50　楼下

杉山来到楼下。

　　杉山　（对荣说）请随意——

　　荣　嘿……

杉山去了院子——然后出门走了。
昌子下来。

　　荣　他去哪儿了？

　　昌子　不知道——生气了呢。

　　荣　为什么？

　　昌子　说是肚子饿了——他以为老婆就是煮饭的机器呢。

　　荣　哪有这么夸张呀。换成我也会这样呢。饿着肚子下班回家，然后才开始做饭，想想就觉得烦透了。

　　昌子　你会怎么办，那个时候——？

　　荣　所以我晚饭经常吃面包——啊，怎么回事儿，

　　　　　肚子饿了。

　昌子　是吗？吃不吃寿喜锅？

　　荣　好啊。我去买肉。

　昌子　那我煮饭。

　　荣　一百两[1]够了吧。

　昌子　足够了。我们家都是买五十两——

　　荣　包袱给我用一下。

　昌子　有购物篮呢。

　　荣　哦。

| 昌子去厨房拿来购物篮递给荣。

　　荣　我去去就回。

　昌子　要去西口买哦。

　　荣　知道了。

| 荣出门走了。
　昌子量好米放进锅里。

51　黄昏时分　蒲田某公寓

| 一个个窗户亮着灯光——

---

1. 日本汉字写作"匁",日本古代的重量单位,1两约等于3.759克。

52　同上　公寓走廊

|一位中华荞麦店的外卖伙计从一间屋子出来。

　外卖伙计　感谢惠顾。

|随后他关上门走了。

53　室内（田边的房间）

|杉山一边吃着汤面，一边和田边、长谷川、青木打着麻将。还有山口在一旁观战。

　　青木　吃得很香啊。

　　田边　碰。

　　青木　碰。

　长谷川　今天我公司的科长，说了些让人难过的话呢。

　　田边　说什么了？

　长谷川　昨天的晚报刊登了吧，说在大森一辆卡车轧死个孩子。

　　杉山　嗯，刊登了。

　长谷川　支付再多的保险金也于事无补了。孩子真可怜啊……

　　青木　你刚才出的啥？

长谷川　这个呀，二饼。

青木　是嘛……（自己也出了张牌，说道）雷鱼，公司的产品，无论什么八折都能买到吗？

田边　哦，可以的，你要买什么？

青木　是这样，我老婆想要电动洗衣机。

杉山　要买吗？

青木　不，也就打听打听呢。

杉山　这样啊。（青木正要吃荞麦面）喂喂，别吃了。

|这时，敲门声传来——

田边　请进。

|千代进来。大家佯装没看见，继续打牌。

千代　晚上好。我刚才在素香那里，顺便过来的。

山口　有事么？

千代　没什么，听她说你们都在这里呢……

山口　哼。

杉山　哈，碰。

千代　（忽然看过去）啊呀，这个烟嘴是谁的？

青木　我的哟。

千代　这不是女式的？

青木　是呀，借我老婆的。

千代　哟，不害臊。

青木　挺好用呢。用这个吸的话，能上好牌呢。爽极了。碰！看吧，这不两个南风吗？

千代　讨厌。

田边　（青木打出一张牌）好，就它……二百四。

青木　混蛋！占我便宜。

千代　那个烟嘴，也不怎么样啊。

说着，她拍了拍青木的肩膀便走到杉山身旁。

青木　是二百四吗……

长谷川　东拉西扯半天，还不是坐到阿杉身边了。

千代　说什么？

青木　哎，金鱼，从那次徒步开始，你和阿杉有点儿不对劲啊。

千代　哪儿有啊？

这时，大家哗啦哗啦地洗牌码牌。
青木坐庄。

青木　喂，王牌是啥？

田边　八万哟。

青木　八万啊。

千代　（瞅了瞅杉山的牌）这么厉害呀！

杉山　唔。

青木　我也特别厉害！厉害厉害！

早春

千代　（偷看一眼青木的牌）你就装吧，阿侬。

　　青木　闭嘴，这次会很厉害的。

说着，他用烟嘴儿蹭蹭鼻油。然后打出首张牌，便唱起歌来。
大家跟着青木一起唱：
每次经过汤岛就会想起
茑与主税[1]的情谊
盛开的白梅可否知道
……[2]

　　长谷川　碰！

　　田边　混蛋！

神社的栅栏上。
依然残存着两个人的身影……
不知不觉杉山也加入了合唱。

54　日比谷附近 停车场

阳光明媚。
加油站里汽车一字儿排开，等等情景。
野村到来。

　　野村的声音　喂，阿侬——

---

1. 泉镜花小说《妇系图》中男女主人公的名字。
2. 歌词节选自《汤岛的白梅》，佐伯孝夫作词、清水保雄作曲。

在办公室工作的青木闻声出来。

青木　要去哪儿?

他走过来。

野村　去农林部。你在干什么呢?

青木　辛苦工作哟。

野村　今天早晨很有趣呢。

青木　什么事儿?

野村　金鱼那家伙,在电车上,被电动车门夹着裙子了。大个那家伙这么使劲地一拽,没想到电车哐的一声停下来了呢。

青木　是嘛。夹着屁股就更好了。

野村　就是啊。当作那次徒步的惩罚啰,再叫她得意,马上遭报应。——我走了啊。

青木　噢。

野村　拜拜。

跟野村分手后,青木也返回车场方向。

55　丸大厦附近

上午时分,街上几乎看不到上班族的身影,行人也非常少。

56　（空）

57　"东和耐火砖"办公室

│正在办公的高木与杉山，工作间隙——

　　　高木　两三天前我去过，看气色倒比我想象的要好一
　　　　　　些呢。
　　　杉山　不过他妈妈都从老家赶来了，怕是不太好哇。
　　　高木　嗯，住院治疗也许会好一些，可是那家伙又非
　　　　　　常排斥住院。

│然后两个人继续工作，这时，对面传来招呼声——

　　　职员　杉山，你的电话……

│杉山点点头，去接电话。

　　　杉山　（经过木村身边时）喂，听说你今天要去探视
　　　　　　三浦。
　　　木村　嗯。
　　　杉山　我也会一起去的。
　　　木村　哦。

│杉山径直走向电话方向。
　然后他开始接电话。

杉山　喂喂，我是杉山……噢，是你呀……欸？啊……唔……是啊……唔……唔……那这样……

|随后，他挂掉电话，往回走。
在经过木村身边时——

杉山　（对木村说）哎，我不能去看三浦了。

木村　是吗？

|然后杉山回到了自己的座位上——

杉山　（对高木说）家里来的电话，忽然有点儿急事。你能否帮我给三浦带个好？

高木　没问题。

杉山　我改天再去啦。

高木　好啊。

|接着，两个人又继续工作。
走廊上有职员走过。

58　傍晚时分

|乌森神社附近的胡同——

59 "御好烧"[1]的招牌

60 店内

有两三帮客人。
年轻的女服务员端着两瓶啤酒和两只酒杯过来,打开旁边小房间的出入口。

   客人 哎呀。(笑声)
  服务员 让您久等了。
   客人 谢谢。
  服务员 请慢用。
   客人 啊……(即兴台词)

61 小房间内

只有杉山与千代两个人,正煎着御好烧。
这时年轻的女服务员拿来抹布。

  服务员 让您久等了……

---

1. 一种日式煎饼,把面粉用水调匀,加入各种自己喜爱的材料,放在铁板上煎成。

千代　谢谢，放这儿吧……

服务员　好的。

然后服务员出去了，千代打开啤酒瓶倒酒，同时说道——

千代　哎，你怎么说的？

杉山　我就说家里来了电话有急事儿。

千代　坏蛋……哼。（喝了一口啤酒）啊，味道好极了，你不喝？

杉山　喝呀。

说完，咕咚咕咚一口气喝光。

千代　（继续添酒，一边说着）这里还可以吧？非常安静……

杉山　噢……

千代　这个时间你太太在家做什么呢……？

杉山不回答，只是小口小口地品着啤酒。

千代　在预备晚饭等你回家吧。

杉山　……

千代　还是洗澡归来正化着妆呢？嘻嘻嘻。

杉山　……

千代　为什么一声不吭呢？

杉山　那个，已经煎好了。

千代　（仿佛自言自语）所谓太太真是无聊……

杉山　为什么？

千代　……喂，《今天空中也挂着广告气球》，这首歌，你听过吗？

杉山　听过啊。

千代　就算是等也等不回来哟，因为他正在御好烧店喝啤酒呢。

杉山　呃……

千代　这种事儿，回家后，你会一五一十地跟太太交代吗？

杉山　有的说，有的不说。

千代　今天的事情会说吗？

杉山　这个，要不要说呢？

千代　说了也没什么呀。我才不在乎。不过，你不说，我便不说，你可知道为什么？你不会不懂吧？哼。

杉山　……

千代　（嗲嗲地）哎。

杉山　嗯？

千代将身子凑过去，把手搭在杉山的肩上，仰头看着他。杉山无力克服诱惑，两人拥吻在一起。

长长的接吻——这时，碰着呼叫铃了。脚步声传来，两个人一下子分开。
年轻的女服务员探身进来。

服务员 您呼叫了？

千代 （假装正经）没呢，没呼叫。

女服务员离开。

千代 真没礼貌呢……这不行的。你踩着呼叫铃了——呀，沾上口红了，给……

说着便将自己的手绢递过去。杉山没有接，拿出自己的手绢擦着嘴。

千代 （拿起啤酒）喝吗？

杉山 噢。

他拾起杯子。

千代 我也要喝。

她往自己的杯子里也倒上啤酒，喝了一口，独自呵呵地笑了起来，同时开始煎御好烧。接着，自然而然地哼唱着歌曲《啊，尽管如此》[1]。

杉山叼着根烟也煎着御好烧。

---

1. 上文《今天的空中也挂着广告气球》是这首歌的其中一句歌词。

62 早晨 漂浮着紫菜、树枝等物的远浅[1]海面

铃之森附近——

63 （空）

64 铃之森 某个房间

海面反射的光映到墙壁上,闪闪烁烁,那里挂着杉山的西装。此刻,杉山穿着旅馆提供的不合身的浴衣,呆呆地抽着烟,看上去兴致索然。千代靠在窗边失望地看向大海。

千代　（喃喃自语般）——昨晚灯火闪烁,还以为会是多好的地方呢……脏兮兮的海——呀,真恶心,海面上漂着那么多脏东西。

杉山　……

千代　怎么啦? 你在想什么?

杉山　（拾起矮餐桌上的手表）你收拾好了没有,该走了。

千代　今天真不能休班吗?

---

1. 日本地名。

杉山　嗯。

千代　打个电话试试好不好？

杉山　那样不行的。

说完他便站起来开始收拾。千代坐在房间一角的小梳妆台前。

千代　哎——

杉山　（继续收拾着）什么事儿？

千代　（开始梳头发）后悔了？

杉山不吭声，继续收拾。

千代　（千代依然面向梳妆台）我越发不懂了……

杉山　（没有回头看她）不懂什么——？

千代　自己的心——在此之前，我对你太太丝毫不上心呢。原本以为即便你有太太我也不会介意的——可是现在不同了，真的变了。

杉山　（回转过头）什么变了？

千代　（面带微笑看向他）我开始讨厌你太太——嘻嘻嘻，我吃醋了吧。

杉山　（不回答，边穿袜子边说）喂，你快点儿。

千代　（再次看向梳妆镜）我可是非常喜欢你呢——如何是好呢？

杉山　喂，我先走了啊。

千代　等会儿嘛，马上就好。

  杉山 你磨蹭好半天了。那我先走啦。
  千代 喂！（起身追他，抓住杉山的胸口）下次什么
     时间？
  杉山 不知道。

他兴致索然地丢下这句话便出去了。

  千代 干吗呀，这么恶劣！

来到走廊上的杉山。
 千代说完便返回梳妆台前。

  千代 呵呵呵。

她独自笑着，涂着口红。随后，她哼唱起轻快的歌曲。

65 当天傍晚 杉山家院子

透过窗户望去，院墙对面的街灯亮着。

66 同上 起居间

一个人也没有。

67 同上 厨房

| 昌子和母亲志希在准备晚饭。

昌子　那种地方，妈妈您经常去吗？
志希　不经常去的。来咱们家的客人，其中有个叫菅井之通的，你知道他吧？听他说呀，有来自可靠方面的情报，说八赛场的44号稳赢——你放酱油没有？
昌子　没呢。
志希　少洒点儿就行了——啊，这就多了。
昌子　那么，妈妈，你赚到钱了吗？
志希　怎么可能赚钱呢，不过总算是预测会优胜的马呢。
昌子　真的？他没隐瞒什么吗？我怎么觉得被欺骗了呢。
志希　那种事情不会隐瞒呢。中奖了是要请客的——（往起居间那边走去）杉山经常夜不归宿吗？
昌子　也不经常呢……
志希　那就不必介怀了。

68　起居间

| 志希到来,点上一支香烟。

昌子的声音　妈妈,这只锅可以撤火了吗?
　　　志希　噢,快速地焯一下就行了。
| 然后志希很享受似的吐出一口烟。
　昌子过来。

　　　昌子　他时常会去打个麻将什么的,有时很晚才回来呢——不过彻夜不归,昨晚是头一遭。
　　　志希　你爸爸以前总是那样啊——但是,能怎么样呢。
　　　昌子　怎么回事儿呢……妈妈,今天你店里什么情况?
　　　志希　暂停营业呗。
　　　昌子　真是悠闲自得啊。
　　　志希　算哪门子悠闲自得啊,偶尔放松一下罢了。
| 玄关开启的声音——

杉山画外音　我回来了——
　　　志希　瞧,你老公回来了呢。
| 昌子不情不愿地起身出去。

69　玄关

杉山在脱鞋。
昌子过来了。

  昌子　回来了。
  杉山　啊，累死我了！真是倒霉呢。昨天晚上——
说完便往里走。

70　起居间

杉山进来。
昌子也跟进来。

  志希　回来了。打扰你们了。
  杉山　呀，您来了。
  志希　我来川崎办点儿事，顺便过来下——
  杉山　是吗？幸一怎么样？在用功学习吗？
  志希　他在做什么呢……那孩子的工作，今天还想拜托你给留心呢。
  杉山　（笑起来）也太性急了吧。不是后年才毕业嘛，还早着呢。
然后他去往二楼。
昌子紧跟其后。

71 二楼

│杉山和昌子上来。

  杉山 我摊上了倒霉事儿呢。

  昌子 怎么回事儿?

  杉山 昨晚我去探望三浦了,他看着不太好。我也是没办法呢。

  昌子 为什么?

  杉山 他妈妈从老家赶来了,一个劲儿地哭,所以我才没回来呢。

  昌子 那么,你昨晚是住在三浦家啰。

  杉山 病人家怎么能住人呢?我住木村家呢,木村也一起去了。

  昌子 又打麻将了?

  杉山 别说笑了,哪有心思打麻将?

  昌子 真的?

  杉山 我一直牵挂着病人呢。我去洗澡了。(正要出去的杉山转过身来)哎。

  昌子 怎么啦?

│杉山靠近她,忽然搂住她的肩膀亲吻起来。

  昌子 什么哟,肚子不饿吗?

　　　　杉山　回来再吃。

│然后他下楼去了。

72　楼下

│杉山下来。

73　厨房

│志希在照看着锅里炖的菜。杉山过来取毛巾和香皂盒。

　　　　杉山　我去洗个澡很快就回来。
　　　　志希　啊，不带上木屐？
　　　　杉山　哦，知道了。妈妈请多待会儿。
│说完他便出去了。

　　　　志希　路上当心。

74　起居间

│昌子从二楼下来。志希擦着手从厨房出来。

志希 他说在哪里睡的?

昌子 说是去探望一个生病的朋友。

志希 你看吧。就这么回事儿呗,你呀,就是太多心了。

昌子 是吗……

志希 就是呢——来,吃饭去吧。吃饭吃饭——

于是昌子去了厨房,志希擦着小餐桌。

75　丸之内　有乐町附近某条小巷

将近午休时间——
那里有一处搭着彩色条纹遮阳棚的牛奶零售店。
野村走来。
插入镜头——歌剧院。

76　牛奶零售店

野村到来——

野村 喂,给我一个热狗……

随后他忽然看到了茶亚子(本田久子),她也在吃热狗,看一本杂志。身旁放着牛奶。

野村　你这家伙，真会找地方偷懒。

茶亚子　今天可是周六啊。传出去不好听的话你就别说了。

野村　你今天早晨迟到了吧？

茶亚子　才不是，我坐的上一班电车呢。你和金鱼乘同一班车？

野村　嗯。

茶亚子　你瞧，被我猜中了。我和阿杉一起走的哟。

野村　什么情况？

茶亚子　事情透着古怪。令人生疑。

野村　怎么回事儿？

茶亚子　喂……（凑近他）你难道没发觉？

野村　什么？

茶亚子　阿杉与金鱼……

野村　他俩怎么啦？

茶亚子　很奇怪呢……最近，这两人绝对不乘同一班电车呢。

野村　是吗？

茶亚子　是的呢，完全不打照面。昨天是阿杉先到的。然后金鱼到了，她就故意去买报纸，错过了这班车呢。即使两人碰面了，也一反常态，彼此疏远着。

野村　你净关注这些无聊的事情啊，真是的。

茶亚子　可是，要是心里没鬼，见了面普普通通地打个招呼总可以吧，就像你我这样。

野村　傻里傻气的。跟你这种人，能有什么事儿。

茶亚子　哼，太没礼貌了。那我不跟你说了。

野村　还能有什么吗？

茶亚子　当然有啰。

野村　说说看。

茶亚子　不说啦……大叔，再拿一瓶牛奶。

野村　给我一瓶冰镇的水……说说看，说说看嘛，喂，不说了吗？

然后两个人吃着热狗。

77　千代的办公室

周六的下班时间已经过了，几乎没有人影，办公室内空荡荡的。"再见""再见"，打字员们道别的声音不断响起。

78　办公室的洗手间

千代跟同事A和B，她们在洗手，补妆。

千代　（擦着手）肥皂不用了吗？

A 谢谢。

千代 我先走了。

A和B 再见。

千代前脚刚走,这两人马上嘀咕起来。

B 她最近真反常呢。

A 那人是谁呀?说是一起散过步……

B 那男的长相不错。有点儿像杰拉·菲利普[1]。

A 有意思啰……那人像是有老婆呢。

B 是吗?

这时千代又回来了。

千代 我落东西了,再见。

说着,她拿起放在镜子前的手表,出去了。

A 再见。

B 再见……她之前不是跟机械部的矶崎传出过绯闻吗?

A 那种事儿还不是家常便饭。也就最近这段时间她比较安静呢。

B一边擦手一边走到窗边,仰望着天空。

---

1. 杰拉·菲利普(Gerard Philipe,1922—1959),法国男演员。

B 是吗……天气真好……

A也过来眺望。

A ……好美的天空啊……一周时间真漫长呀。

79 天空

| 对面高楼之上鸽子飞舞。

80 杉山家的庭院

| 晾晒着洗好的衣物。

81 杉山家

| 起居间,昌子在用挥发油擦拭西装的领口等部位。
  邻居田村家的主妇玉子拿着带盖的容器从便门进来。

  玉子 太太——

  昌子 啊,欢迎,请进。

| 玉子大大咧咧地进屋。

  玉子 不好意思啊,忘得一干二净,这个还您——

| 她坐下来,递过去容器——

  玉子 谢谢……

  昌子 不客气。

  玉子 非常好吃。你妈妈的厨艺可真棒。

  昌子 过奖了。里面有什么……

玉子 （看到昌子想打开盖子）给您装了点江米条，就一点儿。

昌子 呀，多谢。

玉子 刚刚在车站对过买的。味道还算不错。

昌子 沏壶茶喝吧？

玉子 不必了不必了——今天，你家老公要早回吗？

昌子 说是晚回。

玉子 近来他有三两天早早就回来了吧。

昌子 嗯，真是罕见——不过，不值得信赖呢。

玉子 确实是。我家那位也是，年轻的时候总不着家，时常很晚回来，我寻思这怎么回事儿呢，你猜怎么着，太太，有了呢。

昌子 有什么了呢？

玉子 （伸出小指）情妇呗——在车站对面的河边上不是有一家咖啡馆嘛。我一直以为是那里的女人，没想到是在隔壁台球店玩游戏的。她就住在火警瞭望台旁边的公寓里呢。那时，我们家还住在矢口。乘其不备我去敲开门，他竟然穿着女人的浴衣在削鲣鱼干呢……

昌子 怎么这样？

玉子 正在这时那女的回来了，她去洗澡了。这儿抹着厚厚的白粉，买了块豆腐——讨厌的女人，满口的金牙……

昌子　然后呢，太太，你是怎么做的？

玉子　做什么都没用啊，那附近遍地是豆腐呢——

昌子　唉。

玉子　这事儿不能大意呀，太太。现在公司的同事也都夸他为人可靠，其实也就那么回事儿吧。

昌子　（忽然看向厨房）啊，他回来了。

玉子扭头看过去——

82　田村家（远看）

能看到一家之主精一郎回来了。

83　杉山家

玉子和昌子——

玉子　我家这位要是偶尔晚回来些倒也不错呀，越早越烦人呢。

精一郎　（从对面自家厨房门口）玉子——我回来啦。

玉子　来了来了，我马上回去——（对昌子）谢谢，我走了。（正要离开时）你家先生，今天去哪儿了？

昌子　说什么当兵时期的战友聚会。

玉子　（轻拍昌子的肩膀）有点儿担心呢，呵呵呵。

然后她回家了。剩下昌子一个人孤单单的。

84　田村家

精一郎换上了简易和服，玉子归来。

玉子　回来了，肚子饿吗？

精一郎　嗯——我买了两片糟腌的鲑鱼。

玉子　哦。我买豆腐了，削点儿鲣鱼干就好。

精一郎　好嘞。

于是，精一郎接过玉子递过来的削鱼干的工具，开始削鲣鱼干。

85　霓虹灯

"仁丹"的霓虹灯忽亮忽灭，《香浪调》[1]的合唱声在暮色中流淌。

次次哩啰次——哩啰

次哩啦哩哆哩，次哩哆哩香——

次哩啦哩哆哩，香——浪——浪——

---

1. 战前的日本热门歌曲，音译。

85A 夜晚 小酒店的二楼

| 从走廊尽头的日式客间传来热闹的合唱声。

86 日式客间

| 你和我，就像住在鸡蛋中……
　……抱紧你，像蛋白拥着蛋黄，噢啦
　次——次——哩啰哩啰，次——哩——啰
　次哩啦哩哆哩，次哩哆哩香——
　次哩啦哩哆哩，香——浪——浪——
　曾经的战友们，杉山、平山、坂本等人，从三十四五到四十岁左右的男人们，敲着碟子、碗或者拍着手，正在合唱。有人已经喝得醉醺醺的，都趴下了。

   A 喂，喂，喝呀，喂！

| 这时趴下的那个醒了。

  平山 喂，喝一个吧。
  坂本 噢。

| 等等不一而足，大家推杯换盏，此起彼伏。

  坂本 哎，在长县那会儿没少喝长酒呢。那时我们杀
     了狗做寿喜锅吃，你吃得很香啊。
  平山 嗯，很好吃啊。回来之后，再没吃过那般美味

的东西呢。

B　瞧把你馋的。现在你再吃吃看,臭烘烘的哪儿还能吃得下。

平山　或许是这样吧。

C　西岛那家伙,最擅长抓狗呢,只要被他看上的狗,基本上逃不掉呢。

D　确实。

坂本　不过,再没有像他那么胆小的家伙了,子弹飞过来时,他就会扔了枪,念起日莲宗的经"南无妙法莲华经,南无妙法莲华经",是不是啊?

A　是的是的,那家伙,只要得空儿,就给他老婆写信呢。

D　确实。

平山　他战死后,查看他的遗物,在千人针的腰带中,不是发现了一张很有趣的画吗?抱在一起……

坂本　是啊——话说回来,归来后我还去给他上过香,那家伙的老婆,还以为他是一位忠勇无双的战士呢。说即使作为他的妻子都觉得与有荣焉呢。

D　唉。

B　我前几天还见过他老婆呢。

杉山　在哪儿见的?

B　在上野那家松阪屋的拐角处。

杉山　她怎么样了？

　　B　说是去御徒町的煮豆店做了人家的继室，唇上涂着口红，一脸的幸福呢。

平山　怎么会这样呢？

坂本　那家伙要死不瞑目了。

　　D　就是啊。

坂本　我们能活着回来真是幸运啊！

大家　……

| 这时，在座的诸位都沉默起来。

平山　喂，这么死气沉沉的可不行啊，拿出精气神来，精气神！

| 随后，他便唱起歌来：
就像长在身上的痣，用手抓抓看……

大家合唱　黑乎乎的不知是什么，噢啦
　　　　　　次——次——哩啰哩啰，次——哩——啰
　　　　　　次哩啦哩哆哩，次哩哆哩香——
　　　　　　次哩啦哩哆哩，香——浪——浪——

87　杉山家　起居间

被褥已经铺好。换上睡衣的昌子坐在褥子上看杂志,等着杉山归来。
钟敲了一响。这时传来敲玄关门声——

杉山的声音　喂——
坂本的声音　晚上好!
杉山的声音　喂——
平山的声音　我回来啦!

众人放声大笑,笑声传到屋内。
昌子很不高兴地起身过去。

88　玄关

昌子打开玄关的门锁。

杉山　哎,进来吧。

于是杉山、坂本、平山三个人一拥而入。
坂本与平山已经酩酊大醉。

坂本　晚上好。
平山　晚上好。
杉山　上来吧。
坂本　多谢啦。

89　起居间

昌子回来，很是不耐烦地卷着被褥。
三人进来。

　　　　杉山　喂。
　　　　平山　是太太吧，打扰您了。
　　　　坂本　夜间造访实在抱歉……
　　　　昌子　没关系，欢迎你们……
　　　　杉山　喂，上二楼吧。来吧。
　　　　坂本　叨扰了。
　　　　杉山　小心楼梯。
　　　　坂本　不要紧的。没事儿，没事儿。

边说边往楼上去。然后杉山去厨房喝水。

　　　　昌子　原来是真的啊。
　　　　杉山　什么？
　　　　昌子　战友聚会。
　　　　杉山　难道你认为我撒谎？

说完上楼去了。

90　二楼

　　　　平山　唔。

|平山与坂本,软塌塌地盘腿坐着。
　杉山上来。

　　　坂本　你小子,娶了个漂亮媳妇呢。
　　　杉山　一般般。
　　　坂本　喂——
|他看着平山。

　　　平山　哎,咱们再少喝点儿吧。
　　　坂本　嗯,怎么样?
　　　平山　再少喝点儿呗。
　　　杉山　呃,不知道家里有没有酒。
|他下楼去。

　　　平山　会有的。
　　　坂本　靠你啦。

91　楼下

|昌子只将自己的被褥像原来那样铺好。杉山下来。

　　　杉山　我说,家里有烧酒吗?
　　　昌子　(咬牙切齿地)没有。

杉山　那啤酒呢？

昌子　（语气生硬）没有呢，闹够了没有！你干吗带这种醉鬼来家里！

杉山　不是我带回来的，是他们自己跟过来的——是哦，家里没酒了……

| 于是他再次返回楼上。

昌子　真混账！

92　二楼

| 杉山上来，平山与坂本早已筋疲力尽。

杉山　说没有了。

平山　什么东西？

杉山　酒呀。

平山　啊，酒呀，那就不喝了吧。

坂本　我去买吧。

平山　唔。

杉山　你就是去了，人家也不会起来的。

坂本　不会的，不会的。

| 说着他跟跟跄跄地起身下楼。

93 楼下

昌子依然坐在被褥上看杂志。
坂本下来,拎着厨房的酱油瓶。

早春

坂本　我出去一下。

说着他从枕头边经过，去往玄关的方向。

昌子　您这是要去哪儿？

坂本　酒坊，是在这边吗？

他用手指着一个方向。

昌子　人家早就睡下了，都这么晚了呢。

坂本　是嘛，几点了？

昌子　已经一点多了呀。

坂本　这么晚了，那酒坊都关门睡觉了。

昌子　嗯。

坂本　是吗……睡觉了……（然后他坐了下来）我说太太，您去川口那边的时候，请一定到我家里玩哦。我开了一家小型的铸造厂，生产锅具呢，中华锅——金太郎牌，您听说过没有？

昌子　知道。

坂本　是嘛……

这时平山下来了。

平山　喂，你在做什么？

坂本　啊，我想给太太送我生产的锅具呢。

平山　行啦，这种话别再提了。太太，就刚才呀，这家伙还逮住一个大姐，不停地说着要送人家锅呢。

坂本　有什么不好吗……这不是宣传吗？

平山　瞎说什么啊——给呀送呀，逢人就说，你知道吗？太太，这家伙，还一口锅都没送给我呢——想起来我就恼火。

| 杉山下楼来。

杉山　喂，上二楼吧。

平山　什么？

杉山　该睡觉了。被褥铺好了呢。

平山　唔，（对坂本）我说，金太郎牌——

坂本　哎——太太，失礼了，您多包涵。

平山　晚安。

昌子　晚安。

坂本　真开心啊。

| 然后他和平山一道去往二楼。

杉山　小心点儿。

坂本　没关系，放心吧……

| 杉山正要跟着他们上楼去——

昌子　（不高兴地问）哎，明天怎么办？

杉山　什么事儿？

昌子　孩子的忌日呢！

杉山　哦，是啊……

  昌子 你不去吗？扫墓……

  杉山 去啊。这不是定好的事儿吗？

| 说完他便上二楼去了。

94 二楼

| 平山与坂本斜躺在被子上。
 杉山上来。

  杉山 喂，你们换了衣服再睡吧。
  平山 哦。
  杉山 快睡吧。
  平山 哦，好的。（继而他又坐起来对坂本说）你起来一下。

| 坂本坐起来。

  杉山 盖这床被子行吗？
  坂本 没问题没问题。
  杉山 那晚安。
  平山 干吗去，你要离开吗？
  杉山 嗯。
  坂本 你上哪儿？
  杉山 我去楼下睡。

平山　就在这儿一块儿睡，难道不行吗？

坂本　就一晚上，忍忍呗，咱们多久没在一起了，行不行啊。

杉山　没有被子了，三个人盖不过来呢。

平山　不要说得这么奢侈好不好，想当年咱们不还睡在马厩的马粪堆吗？那么狭窄的地方呀。

坂本　就是啊，挤一块儿，热乎乎的，暖和着呢。

平山　喂，来吧，不怀念一下从前吗？

杉山　那好吧，一起睡啰。我说，你俩也换下衣服吧。

平山　我就这么穿着睡咯。

坂本　我也是。

平山　真好哇，战友们。

坂本　是不错，真挺好的啊，是不是很开心呀？

平山　嗯。

这会儿杉山已经脱下裤子，只穿着运动背心和内裤。

杉山　喂，我要关灯了。

平山　好，关灯。

坂本　关灯，关灯。（突然）嗒嗒嗒嗒，嗒嗒嗒嗒嗒——嗒嗒嗒嗒，嗒嗒嗒嗒嗒——他用嘴模仿着熄灯的号声。随后平山也跟他一起模仿。

95　楼下

"嗒嗒……嗒嗒嗒嗒嗒……"
熄灯号的模仿声不时传来。
两床铺盖并排放着,昌子坐在那里,脸色不悦,陷入沉思。
不久,号角的模仿声停了下来,昌子死心断念一般,慵懒地站起来,熄灭电灯睡觉。

96　（空）

97　次日清晨　杉山家

晨光明媚,照进屋来。
胡同里——

　　　　女　早上好。
　　　　男　早上好。

98　起居间

换上外出服装的昌子,在镜子前结腰带。

99　二楼

杉山、平山与坂本三人。

毕竟酒醒了，比起昨夜，平山和坂本都正经了许多。

坂本　头有点儿痛啊。

杉山　嘿嘿，当然会痛啰，喝得太多了。

坂本　我怎么会在你家呢？

平山　宴会结束后，咱们溜达着去莺谷车站，你应该上对面坐车才对，但你嚷着不想分开，然后就到这里啰。

坂本　那你是怎么回事儿呢？

平山　你一路不停地说那些事。我本来要坐到鹤见呢，还不是被你硬拽着在蒲田下车了嘛。

坂本　是吗？我完全不记得呢。

杉山　然后，咱们不是还去了站前的一家小店吗？

平山　哦，对呀。（对坂本说）你不是还吃了烤鸡肉串吗？

坂本　是嘛，大概吃了吧。

平山　吃了呢，确实吃了，我记得。

杉山　接着你们二位送我回家，一个劲儿地说着没关系没关系。

坂本　然后我们就在你家住下了？

杉山　就是这样哦。
坂本　真不好意思啊。
平山　对不住啦。
杉山　（笑着）不过，想起来蛮有意思呢。

| 这时楼下传来喊声，

昌子的声音　老公。
杉山　什么事儿？
昌子的声音　来一下。

| 杉山起身下楼。

100　楼下

| 杉山下来——这时昌子已经装扮好了，等着他。

杉山　什么事儿啊？
昌子　（冷冷地）我先走了。
杉山　这就走吗？
昌子　嗯。
杉山　在哪儿会合？
昌子　我又怎么知道你的时间呢？

| 冷冷地丢下这句话，她便出去了。
　杉山返回二楼。

101 二楼

| 杉山上楼来。

平山　什么事情?

杉山　唔,没事儿了。

平山　话说,你挺不错的。

杉山　怎么说?

平山　刚才还跟这家伙聊着呢,说起你们上班族。

杉山　为什么?

平山　跟我俩不一样,你在大公司上班,有体面的工作。

坂本　只需在规定的时间内工作,每月按时领着薪水。中元节和年末还发奖金吧。

平山　月薪会逐渐增多,到最后说不定你还会当上董事呢。

杉山　哪有那么好的事儿。我倒觉得你们更好一些呢。

坂本　为什么呢?

杉山　不同于我这种人,你们有一技之长,无论到哪一步,你们的本领都会有用武之地。

平山　说是本领,其实你知道吗?顶多是组装个无线电罢了,虽然还捎带着组装电视机。

杉山　了不起呢。你也是,制锅领域的人才呢,再看看我,什么技术都没有。一旦被辞退,怕是从明天开始就吃不上饭啰。

平山　才不是那样呢。

杉山　就是呢，说白了，这上班族啊，就跟过去用一钱五厘征集来的士兵一样呢，人多得是，最终能担任要职的不过是千里挑一呢。

平山　唔，是这么回事儿啊。

坂本　不过，你头脑聪明，肯定能当上董事哟。

杉山　真的能吗？如果我被公司开除了，我就去你那里应聘个锅具推销员，拜托了。

坂本　（笑起来）那太好啦。

平山　不过啊，如果是金太郎牌，有点可惜啰。

| 三个人朗朗地笑起来。

102　蒲田的马路

| 昌子走着。

103　通往青木家（小型廉租房）的近道

| 昌子走来。
在狭小的院子里，青木正给他亲手打造的狗舍刷油漆。
一条脏兮兮的小狗。

昌子　（路过）你好——

青木　噢，要出门吗？

昌子　嗯，办点事儿——

青木　路上当心。

| 昌子走了过去，青木也很快刷完油漆，返回房间。

104　房间

| 青木的老婆光美（25岁）坐在梳妆台前化妆。

光美　杉山的太太？

| 青木取下挂在檐廊门楣的钉子上的毛巾，边擦手边说——

青木　嗯……怎么回事儿，今天开始上早班吗？

光美　是呀……帮忙把这儿（脖子后面的拉链）拉上。

| 青木便转到光美身后给拉上拉链。

光美　油漆刷好了？

青木　弄好了。

| 随后他叼上一支香烟点着火。

光美　喂，有点儿怪怪的呢。

青木　怎么了？

光美　这儿的粉擦得不匀呢。

青木　……（不吭声，悠闲地抽着烟）

光美　说不定有了。

青木　……?

光美　哎，可能怀孕了呢。

青木　谁?

光美　我呀。

青木　拉倒吧，怎么可能呢?

光美　可是月经没来呢。我们也是时候生一个了。

青木　什么?……哦，是嘛。多长时间了?

光美　从上月开始的。

青木　太吓人了。这要有了孩子饭都吃不上啰。

光美　说什么也于事无补哦。还不是你造的孽?

青木　会不会是心理作用啊?按理说不该有的。

光美　可是没办法呀。就是有了呢。

青木　按理说不会有啊……

光美　再怎么说没有也改变不了事实，不是吗!

青木　唔，是啊……去医院检查一下吧。

光美　嗯……有钱吗?

青木　你没钱了?

光美　没了。我的钱都买这个（衣服）了。

青木　那就等这个月发了薪水再说吧。

光美　这么等下去肚子只会越来越大的呀。你看着办吧。

  青木 麻烦大了……不应该有的呀……

随后,他便去了檐廊,唤了声狗,有点儿脏脏的小狗摇着尾巴注视着他。

105 "喜多川"附近的街道

说是傍晚,其实也就四点左右。

106 "喜多川"杂烩店

客人(菅井之通)一人,正跟志希聊天。
桌上摆着一盘毛豆和两瓶啤酒。

  客人 大婶,上次去川崎那趟,真对不住啊,害您损失了一大笔钱。

  志希 别提了。我满以为米山会跑第一呢。

  客人 就是啊,那天从一开始就乱套了呢。

  志希 真是这样呢。

这时昌子从二楼下来。

  昌子 哎,妈妈,你看这个……

  客人 (注意到)哟,是昌子呀,你来了。

  昌子 好久不见。

客人　你都这么大了。怎么样啊,跟你家先生相处得融洽吧?

昌子　(嘻嘻笑着)……

客人　过来一下,请帮我添杯酒吧。

昌子走上前来。

昌子　请。

给他满上一杯啤酒。

客人　越发漂亮了。年龄大了更具韵味呢。

昌子　通先生,一直这么年轻呢。

客人　是嘛,多谢。——承你美言,我这就回去了(于是,他喝掉杯中酒)——那么,大婶,拜托了。

志希　好的好的。感谢惠顾……

客人　啊,真舒服……(正准备回去)啊!提包提包——

志希　给,拿好。

客人　(接过来)再见。

昌子　再见。

客人走了。

志希　(一边收拾着桌面)你还不回去?时间要来不及了。

昌子　没事儿的。

志希 他部队的客人也差不多走了。

昌子 怎么说呢……两个人都是品行不端的家伙呢。我一想到他竟然有这样的朋友就觉得心烦。无聊的小事他们也会觉得有趣,啊哈哈哈地大笑不止,像傻子一样。

志希 话说回来,他们可是枪林弹雨中诞生的交情,彼此挂念着呢。

昌子 所谓的挂念,也不该那样吧。正因为他们这种士兵日本才战败了呢。连孩子的忌日他都忘在脑后。

志希 忘了也就忘了。连我有时候也会忘记你爸爸的忌日呢。

昌子 前些日子也是呢。他有一次在外边过夜回来,你记得吧,就妈妈来我家那天——说是去探望一个朋友,可是手帕上沾着口红呢。谁知道他晚上睡在哪儿。这不奇怪嘛!

| 短时间沉默——

志希 话说呀,连这一桩桩小事儿你都这么介怀,分明你还爱着他呢。

昌子 所谓的爱情早就没了。

志希 你还爱着他呢。我看得一清二楚呢——今天你还是带些杂烩回去吧。

昌子　不带了。

志希　哎哟哎哟，这心情糟糕透了呀。

昌子　……

107　有乐町附近的小巷

那家牛奶零售店的彩色条纹遮阳棚，沐浴着正午明媚的阳光——

108　牛奶零售店

午休时间，电车伙伴田边、野村、长谷川、辻以及青木，五个人一边吃喝一边聊得起劲。
唯有青木看上去有点儿低落。

田边　到底是女人眼光敏锐啊，我早就觉得不太对劲儿。

野村　是吗？我是经茶亚子提醒才开始注意的。

长谷川　这一说我想起来了，前几天我还看到两个人在电视台前散步呢。

野村　所谓的前几天，到底是哪天？

长谷川　就是在公共礼堂举办独唱会的那个晚上。

野村　不太平啰。

辻　不好的苗头早就有了。组织一次那个怎么样？

野村　干什么呀？

辻　盘问会……批斗哟。

田边　要做吗？

野村　做吧做吧。什么时间做呢？

辻　今晚怎样？

田边　好啊。在我那里怎么样？家里正好有来自名古屋的乌冬面。乌冬面聚会……喂，阿侬（指青木）你会参加吧？

青木　别人的事儿爱莫能助。我自身难保呢。

田边　你怎么了？

青木　这事儿你们不懂的。我好烦啊。

辻　这一说我想起来了，从一开始你就没精打采的。

青木　可不是嘛。打不起精神呢。

野村　到底怎么啦？

青木　人生多烦忧哇。

野村　胡说八道些什么。

辻　对啦，必须通知阿杉和金鱼啊。

野村　噢，好吧，我来通知。

| 随后他便拨打桌上的公共电话。

田边　哎，顺便也给金鱼去个电话吧。

野村　可以……啊，喂，是"东和耐火砖"吗？烦请找一下总务科的杉山先生接电话。

田边　喂,老板,来瓶冰水。

老板　好的。

野村　喂,我也要一瓶。

老板　好的。

野村　啊……哦,阿杉吗?是我,野村……

109 "东和耐火砖"办公室

杉山在接电话。
因为是午休时间,室内很多座位都空着。

杉山　啊……欸?乌冬面聚会?……在哪儿?……哦,在雷鱼那里呀……啊,我尽量去……欸?哦,我去,我去,好。

他挂掉电话,返回自己座位。
然后坐在座位上吃着吃到一半的盒饭。
女事务员进来了。

女事务员　杉山先生,总务部长叫您——

杉山　这就去吗?

女事务员　嗯。

杉山　好的。

于是杉山将饭盒收拾起来起身出去。

早春

110 另一个房间

|杉山进来。

  杉山 您找我——?

  荒川 哟,吃过饭了?

  杉山 是,吃过了。

  荒川 噢。

|随后他从座位上起身,坐到一边的沙发上,杉山也跟过去。

  荒川 就几句话……你先坐下吧。

  杉山 是。

  荒川 (拿出香烟)抽一支吧?

  杉山 好的。

|他接过烟,跟荒川并排坐着。

  荒川 一天天热起来了。

  杉山 嗯。

  荒川 呃,叫你来不为别的,就是想安排你去三石,你愿意吗?

  杉山 工作调动吗?

  荒川 是啊——三石地处僻远,我也于心不忍,不过在那边的生产现场历练一下,我觉得对你的将来会大有裨益的。

> 杉山　嗯……
>
> 荒川　再长也就是三两年吧，怎么样？你能否考虑一下呢？
>
> 杉山　好的，请允许我考虑考虑。
>
> 荒川　嗯，请便——这种事情，按理说应该找个地方坐下来边吃边谈，可是公司又赶着催啊。
>
> 杉山　明白。
>
> 荒川　能否尽快给我答复？
>
> 杉山　好的……那告辞了……
>
> 荒川　嗯，请便——

杉山鞠了一躬出去了。
走廊。
往回走的杉山。
办公室。
杉山回来，坐到椅子上沉思起来。

111　田边家所在公寓的走廊　傍晚时分

田边从某个房间出来，端着四五个大碗。

> 田边　（对着室内）打扰您真抱歉。那我借走了。

他正要返回自己房间，这时那个房间的主妇出现在门口。

主妇　田边先生，不要筷子吗？

田边　有筷子呢。多谢……

于是他进入自己房间。

112　田边的屋子

屋里有野村、辻、藤井、长谷川、佐藤等人，他们把大锅架在低温炭炉上，正在煮乌冬面。

田边　嘿，借来啦。

野村　（尝了尝）哇哦，真好吃呢。

田边　是嘛——（一边递碗）哎，捞面吧。

佐藤　好嘞，我来盛面。

辻　——雷鱼，当真是名古屋的？

田边　嗯。

辻　名古屋，哪个地方的？

田边　中村。

长谷川　就是丰臣秀吉[1]的出生地吗？

田边　是哦。

---

1. 丰臣秀吉（Toyotomi Hideyoshi，1537—1598），是日本战国时代、安土桃山时代大名，著名政治家，继室町幕府之后，首次以"天下人"的称号统一日本的战国三杰之一。

辻　是形形色色的人们出生的地方啊，从好到坏，三六九等。

田边　你是哪里人？

辻　我是土佐的。坂本龙马[1]的出生地。

田边　是吗？土佐人啊。既然龙马也生在那里，那也出傻瓜[2]啰。

辻　一派胡言。

野村　谁叫你刚才插嘴，何必说那些无聊话呢。

辻　一派胡言。

| 传来敲门声——

田边　进来。

| 青木进门来。

野村　我说，你也太晚了吧？

青木　哦，我去洗了个澡才来的。乌冬面还有吧。喂，有没有加点儿肉啊？

藤井　有我公司的罐头呢。

野村　对了，杉山不来了。

青木　为什么？

---

1. 坂本龙马（Sakamoto Ryōma，1836—1867），日本明治维新时代的维新志士，倒幕维新运动活动家、思想家。
2. 日文汉字写作"顿马"，此处为玩笑话。

野村　不知去哪儿了。

青木　哦，是嘛。看来蛮好吃的呀。

青木从袖兜里拿出味精瓶，往乌冬面上撒了撒，然后重新揣进袖兜。

野村　喂，什么东西？

青木　刚才在弹子房赢回来的。

辻　面都凉了，交出来吧。

青木　什么？这个吗？

说着拿出来。

瓶子在大家手中依次传递。

这时——

辻　你很喜欢玩弹子球啊——

青木　也并非多喜欢呀。但如果连那样的事儿都不能做，我会发疯的。

田边　是啊。被工作束缚一整天啊……简直就是没有铁栏杆的监狱嘛。

野村　一大早就要在电车里挤来挤去。

长谷川　去了公司又和科长两两生厌。

藤井　薪水总不上涨啊。

佐藤　奖金就是不发呀。

辻　既然无可奈何咱们不如吃面吧？

田边　不说也罢。

野村　是呀是呀。

于是大家不再说话吃起面来。
传来敲门声——

野村　（咕哝）喂，来了啊。
田边　（往门口走）请进。

千代进来。

千代　我来晚了。

大家默默地吃着乌冬面。

千代　看起来很美味呀。我也要吃。
佐藤　噢。

往碗里盛乌冬面。

辻　金鱼，你没和阿杉在一起吗？
千代　我？没有。
野村　阿杉，怎么回事儿？
千代　不知道呀。
佐藤　给，很好吃呢。（说着递过去）
千代　谢谢。
田边　给，筷子——别把衣服弄脏咯。
千代　没事儿。
田边　虽然会有人给你买呢。

千代　哪有你说的人啊——这话很失礼呀。

辻　没有吗？是嘛。那真是失礼了。

千代　不要这么阴阳怪调的——啊，真好吃。

野村　阿杉怎么样？不给你买吗？

千代　什么？

野村　衣服啊。

千代　阿杉为什么要给我买衣服?

野村　就是有这种感觉。最近，你俩关系不错啊。

辻　　就是啊，我也有所耳闻呢。

千代　你听说了什么?

辻　你和阿杉的风言风语哟。

千代　够了，真是欺负人！

田边　那些谣言产生的原因，你心里就没数吗？

千代　没有啊！

藤井　不可能没有吧？

千代　你干什么，大个！

于是藤井默默地吃起面条。

千代　你们几个到底要跟我说什么？又是为了什么把我叫到这里来？

辻　就想叫你来吃乌冬面。

千代　不要糊弄我了！有什么想说的痛痛快快地说吧！

佐藤　说出来你不难堪吗？

千代　什么呀，我为什么难堪！

田边　那直说吧，金鱼，阿杉可是有太太的。

千代　那又怎么样！

田边　你听好了。喜欢上有太太的男人，这种事情也是有的。那么，你的心情我们也能理解。不过理解归理解，这可不是什么好事儿啊。

千代　（想阻止他）那么，你们这是——

田边　别插嘴，你听好了。跟那种有太太的男人搞到一起，你就没想过对不起人家太太？打个比方，换作你是那位太太吧，而在这里的则是另一位金鱼。试想一下，你会是何种心情？设身处地，将心比心，恐怕你就不会这么轻松了。这是非常重要的。正所谓反省啊，要反思己过。这方面你是否有所欠缺呢？若不懂得反省，人类与猫狗无异啊。

千代　你有什么证据，就这么大肆指责我？你们倒是说说我和阿杉怎么了！请说个清楚明白！

田边　这件事情，你还是扪心自问好好想想吧。

千代　想什么？

田边　你问心无愧吗？

千代　无愧呀！

藤井　可是俗话说得好，无风不起浪呢。

千代　那又能说明什么！

辻　前几天晚上，在日比谷，你有没有和阿杉一起散步呢？

千代　一起散步啰。那有何不可吗？

辻　并非不可，难道不反常吗？

千代　有什么反常的！你的所作所为不是更不正常嘛？！

辻　你指什么？

千代　你明明知道是我和阿杉，为什么不跟我们打声招呼呢？为什么佯装不知呢？

辻　看见的又不是我。是这家伙（长谷川）呢。

千代　（对长谷川）你为什么不吭声？

野村　那种时候打扰你们也太不合适了吧。

千代　打扰什么啊！你们这些人，还不是随随便便就那么认定了嘛！还不是自私地戴着有色眼镜看人嘛！就像心理阴暗的姑婆似的，做什么！我跟谁散步不行！跟你，还有你。所以，就不要用变态的目光盯着所有的事情！很烦啊！非常惹人烦呢！明明是男人，可你们都做了些什么！真是卑鄙龌龊呀！

她眼里噙着泪水，说完这番话，猛地站起来冲出门去。
大伙儿一时无语——

青木　（过了不一会儿）我一直没吱声只是听你们说，不过你们几个真是很过分哦。

田边　非也，就人道而言，还是一股脑儿说出来比较好呢，所谓人道主义哦。

辻　咱们大家吧，立场必须端正合乎逻辑。

青木　可我听着不对味呢。只是说得冠冕堂皇而已。

野村　话说回来，真有其事吗？

辻　什么？

野村　阿杉与金鱼——

田边　瞧你，这事儿错不了的。

佐藤　可是，那家伙也太强势了。

辻　　又狡猾又精明呢。

佐藤　真够嚣张的。

田边　蒸不熟煮不烂，真是个难对付的家伙呢。

野村　那两个人，是谁先主动的呢？

田边　这还用想，肯定是金鱼喽。

辻　　不，我觉得是阿杉。

野村　话说回来，若此事属实，阿杉那家伙，还真是好手段啊。

长谷川　可不是，我都有点儿羡慕他了。

青木　你们的人道主义，也太靠不住啰。

藤井　可是，真的是艳福不浅呢，阿杉——

青木　既然要讲人道主义，这种时候可不能心怀艳羡哦。这样才算完美——很是死板呢。

野村　确实如此。

在座的诸位全都沉默下来。

113　同天晚上　三浦的住处　逼仄的二楼

上了楼梯是狭小的走廊，这里放置着洗脸盆，杉山拧着毛巾。随后他拿着毛巾进了房间。

114 房间

|三浦躺在病床上——杉山进来,给三浦的胸部擦着汗。

三浦　谢谢——我瘦得不像样了吧?成天这样躺着,我已经厌倦了。

杉山　是啊。

三浦　这都超过100天了。卧病在床的这些日子,从这里望出去,看到的天空都是苍黄色的,鲤鱼旗杆上的风车还在哗啦哗啦地响着,夏季的积雨云已经出现了……对了,前几天木村来过哦。你是不是说过要跟他一起来?

杉山　是的,那天忽然有事儿……对不起啊。

三浦　唉,只要几天不见哥几个,就想得不得了啦。

杉山　是啊。

三浦　大家都健健康康的,我好羡慕呢——躺在床上就只能胡思乱想,早上一睁开眼就开始了:啊,现在正是上班高峰,大家都在挤电车啊。现在应该坐着公司的电梯,一下子升到七层停了下来。推门进入办公室后,透过窗户能看到东京站。迎面走来的是横井君和盐川先生——盐川先生还是一如既往地早吗?

杉山　嗯,很早呢,听说他今年十月退休。

三浦　是吗……到那时，我是不是也能出去上班了啊……我有时会非常眷恋公司呢——我第一次看到丸大厦，是修学旅行初次来东京的时候……已是黄昏时分，每一扇窗户都灯火通明，在秋田县乡下的中学生眼中，简直就像到了外国。我被震撼到了呢……从那以后，丸大厦就成了我的憧憬。来东京上大学后，每当经过那附近……

杉山　喂，说这么多话能行吗？

三浦　哎呀，没事的。今天感觉非常好呢。

杉山　不行啊，稍后就会累了。

三浦　—— 参加公司的入职考试，接到了录用通知……当时那个开心啊——我立刻赶去神田买西装呢……那天的事情我记得清清楚楚……

杉山　（忽然有所察觉回头看）呀，您回来了。

| 三浦的妈妈纱都（63岁）洗澡归来，手上拎着盛有水果的纸袋。

纱都　我回来晚了……

杉山　没什么。

纱都　澡堂可真气派啊。

| 她拿出纸袋中的水果放到托盘里，一边说着话——

纱都　也不知道好不好吃，你先尝一个……

杉山　不了，请不必麻烦……三浦君精神头不错……

纱都　哎，这都是托大家的福……他说等今后病好了，想搬去一个清静的地方，租个房子好好生活，还说，等到那会儿，把我也接到东京来住。

杉山　是嘛。真是令人期待啊。

纱都　那样的话，得先娶房媳妇……老家那边也多少有些眉目……

三浦　真能唠叨啊，妈妈。您老闭会儿嘴吧。

| 纱都有点发窘，立刻不说了。

杉山　（看看时间）那么，我该回去了。

三浦　不急着走吧，能再待会儿吗？今天我真的挺开心呢。

杉山　是嘛，那太好了。

| 说着他取过团扇给三浦扇着。

115　当晚　杉山家

| 餐桌上铺着白布，昌子一个人坐在桌前，等着杉山归来。
家家户户的灯笼都熄灭了。
九点半左右，玄关门开了。

杉山的声音　我回来啦——

> 昌子起身出迎。

  昌子 回来了。

> 杉山进屋。

  杉山 肚子饿得很,在外面吃了碗汤面。
  昌子 哦。你去哪儿了?
  杉山 去探望三浦了。
  昌子 去得也太频了吧?
  杉山 哪儿?
  昌子 三浦家呀。
  杉山 去看看他不行吗?
  昌子 去去自然没问题,就怕乐不思归啊。
  杉山 ……?

> 杉山往厨房方向走去。

  昌子 (淡淡地)刚刚金鱼来过喽。
  杉山 她来做什么?
  昌子 做什么呢……就是想来看看吧,看看你…… 一副刚刚哭过的样子……
  杉山 唔。

> 他来到厨房,取了毛巾,把脸盆放到水池子里,一边对昌子说道——

早春 273

杉山　哎,今天在公司,上边跟我谈工作调动的事情了。

昌子　调哪里?

杉山　问我是否愿意去三石?

昌子　三石……在哪儿?

杉山　在姬路边上呢,属于冈山县。

昌子　哦。

杉山　我就说让我先考虑一下吧。

昌子　是吗?那你是怎么想的?

杉山　正在考虑啊,去还是不去呢?

昌子　那就去呗。

杉山　——?

昌子　我也会去的,多大点事儿。

杉山　山里的条件可是很艰苦的。

昌子　这有什么嘛,总比闷在东京要好多了吧——你怎么看?

杉山　什么?

昌子　要不要去?

杉山　(含含糊糊)呃。

昌子　怎么了?东京更精彩?

杉山　虽然也不是多么精彩……

昌子　是不是有什么好事儿了?在这边——

杉山　(有点儿不快)你想说什么?

昌子　没什么,只是问问而已哦。

  杉山 干吗阴阳怪气的?

  昌子 哪里怪呀。一丝一毫都不怪呢。

  杉山 行了吧。我知道你想说什么。

  昌子 是吗?我想说什么?

  杉山 混账!废话少说!

|玄关的开门声——

千代的声音 晚上好——

|杉山与昌子,不由地面面相觑。

千代的声音 打扰了。

  昌子 是金鱼哦。

|她一动不动,以目示意杉山出去。

千代的声音 晚上好。

|杉山无奈只得起身出去。

116 玄关

|千代立在那里。杉山出来。

  杉山 怎么了,有什么事情?

  千代 哎——你能否出来一下?

杉山　事情紧急?

千代　嗯。

杉山　有什么事儿? 都这么晚了——

|昌子走出来。

千代　刚才多有打扰……

昌子　没什么——(然后转向杉山)你就出去一下呗。

杉山　(对千代)明天不行吗?

昌子　这可不好呢,人家都来好几次了。

杉山　没办法啊。

|说着他穿上木屐。

千代　(对昌子)抱歉。

昌子　不必客气。

杉山　那我去去就回。

|于是他和千代一起走了出去。
　昌子返回起居间。

117　起居间

|昌子回来,怔怔地想着心事。

118 当晚 六乡的土堤上

| 杉山与千代走来。远处传来为祭日活动排练节目的伴奏声。

  千代 （稍微有些激动）……所以我自始至终没有松口呢。可是他们几个不依不饶的，说了很多话……我真难过……换作是你怕也不知道如何说呢……

  杉山 ……

  千代 雷鱼要我设身处地地为你太太考虑一下，问我你不觉得对不起人家太太吗，诸如此类的……哎，我该怎么做呀？你说呀，怎么做才好呢？

| 说着说着，她眼里含着泪依偎在杉山的胸前。

  杉山 你先平静平静吧。今晚你太激动了。
  千代 可是……可是……如何是好呢？我彻底蒙了……
  杉山 已经很晚了，该回去睡觉了呢。
  千代 我不！不行！就是回去也睡不着，不是吗……
  杉山 快回去睡吧。明天还要早起……赶快回去吧。
  千代 讨厌！
  杉山 那我回去啦。

| 于是他率先迈开步子离开。

早春

千代　喂，等等。一起散会儿步吧。求你了，行不行啊……
　　　杉山　我回家了。

杉山不管不顾径自走开。千代追赶似的跟上他。

119　杉山家　起居间

电灯已经关闭。昌子只铺开自己的被褥，躺在上面。不过昌子并没有入睡，大睁着眼睛想着心事。
过了不久玄关门开启。昌子假装睡着了。
杉山进屋。

　　　杉山　喂，你睡了？
　　　昌子　……

杉山打开电灯。

　　　昌子　刺眼呢，关了。

杉山目光灼灼地盯着她，然后亮着灯去了厨房。

120　厨房

杉山取过架子上的杯子，含水漱口。

　　　昌子　她找你有什么事儿？

回头看去，只见昌子已经坐了起来。

  杉山 没，没什么大不了的事情。

说完他放下杯子返回起居间。

121 起居间

杉山返回——

  昌子 既然没什么事儿，还去这么久啊。
  杉山 那家伙，很是莫名其妙的。
  昌子 什么地方？
  杉山 喂，怎么回事儿？把我的被褥放开呀。

说完，他拎着旁边的提包，取下挂在门楣上方的外衣向二楼走去。

122 二楼

上到二楼，杉山打开电灯，推开窗户让风进来，正要脱衬衫，察觉到胸口部位沾上了口红——于是他脱下来团成一团塞到书桌下面。他刚松了口气昌子就上来了。

  杉山 被褥铺好了？那么，睡觉吧。天可真热啊。

说着站起来。

早春 281

昌子　等一下，我有话跟你说。

杉山　什么话？

昌子　坐下吧。

杉山　什么事儿？

昌子　最近这些日子，你有很多事情瞒着我啊。

杉山　哪有啊。

昌子　尽管我看起来稀里糊涂的，其实心里明镜似的呢。

杉山　所以，你指的什么事情？

昌子　你跟那个人到底是什么关系？

杉山　你说哪个人？

昌子　金鱼呗。

杉山　不就是每天同乘电车往返的伙伴吗？

昌子　仅此而已？

杉山　仅此而已啰。

昌子　那么，这么晚了你们有什么话说？她为何事而来？既然不是什么大事儿，就等不到明天早晨，在电车中说不行吗？

杉山　这我怎么会知道？你去问金鱼好了。

昌子　别敷衍我了。怎么了，刚才穿的衬衫。（发现书桌下的衬衫）呵，在这儿，拿出来了。（她把衣服拿在手里指着口红印）为什么，这儿会沾上口红呢？既然没什么事儿，为什么这里沾着口红呢？前几天，夜不归宿那次还不是这样嘛，手帕上沾着口红，跟这个颜色一模一样，这到底意味着什么，我一清二楚呢。（然后她扔掉衬衫）如果嫌我碍事，那我随时给你们腾地方。

杉山　瞎说什么，那种事情怎么可能呢！

昌子　别再糊弄我了，我受够了，真讨厌你这德行。你跟从前大不一样了，孩子的事情你都能忘得一干二净。

昌子目不转睛地盯着他，突然觉得胸口一紧，眼泪就要涌上来，为了遮掩，她腾地站起身出去了。

123　起居间

昌子下来，用双手捂着脸强忍着眼泪，过了不久，她熄了灯，坐在被褥上，怔怔地想着心事。（当然，没给杉山铺开被褥）

124　二楼

杉山坐在栏杆旁，眼珠动也不动，陷入沉思……
远处传来为祭日活动排练节目的伴奏声。

125　起居间

│依然坐在被褥上沉思的昌子——

126　次日清晨　蒲田街区

│正是出勤时间，工薪族和学生们在路上走着。

127　同上　杉山家所在的小巷

│出门上班的人们。

128　同上　杉山家的二楼

│杉山还在被窝中睡着。
　忽然他睁开眼睛，取过枕头边的闹钟一看，匆忙爬起来往楼下去。

129　起居间

│杉山下来后，喊着昌子。
　　　杉山　喂！……喂！

没看到昌子的身影。

杉山脸上布满疑云，他快步走向厨房。

130　厨房

杉山取下毛巾，推开门。

   杉山　喂！

隔壁主妇玉子现身出来。

   玉子　早上好。

   杉山　噢……

   玉子　你家太太说了，有急事要去一趟五反田的娘家，一大早就走了呢。

   杉山　这样啊。

   玉子　钥匙放在我这儿呢。

说着话她趿拉着木屐，走过来递钥匙。

   玉子　这个给你。

   杉山　啊，多谢……

   玉子　看起来今天又是一个大热天啊。

   杉山　是啊……

   玉子　那我告辞了。

杉山　谢谢……

玉子回去了，杉山阴着脸沉思，待他回过神来匆忙返回起居间。

131　起居间

杉山目光在室内移动，他发现饭桌上有备好的早餐。于是他又匆忙返回厨房。

132　厨房

杉山快速地刷牙，拧开水龙头往脸盆里放水。

133　丸大厦外景

听得到打字的声响——

134　"东和耐火砖"办公室

正是办公时间。

打字声急促，透着忙碌。

135 走廊

| 迟到的杉山步履匆匆地赶来。

136 办公室

| 杉山进来后,第一时间去往科长那里。

    杉山 我迟到了。

    科长 嗯。

| 然后杉山返回自己的座位。

    高木 喂,三浦过世了。

    杉山 什么时间?

    高木 今天早晨,破晓时分。

    杉山 真是奇怪了,昨晚他还精神得很呢,我去探望过他。

    高木 听说因为服了安眠药,话都说不清了。

    杉山 是嘛,我听他说过呢,说是晚上总睡不着觉很遭罪。这就去了吗……

| 他一边说着一边整理,不久便着手工作。
 这时冈崎来了。

    冈崎 喂,你来一下。

| 他喊了一嗓子就出去了。杉山起身跟着出去。木村也默然起身,三个人一起走了出去。

137 用屏风隔开的接待室

| 三个人坐下来。

冈崎 我今天早晨才听说,总务部长找你谈过话,事关工作调动的。

杉山 嗯。

冈崎 怎么办?

杉山 没想好呢。

冈崎 不想去的话直接回绝他。

杉山 嗯。

冈崎 没必要去的。

木村 这种事情也不是公司单方面能做主的,理应与工会协商决定呢。每个家庭也都有各自的情况。

杉山 嗯,我还没答复呢。

冈崎 那就考虑清楚了再回复吧。

杉山 唔。

木村 三浦真可怜啊。

杉山 是啊,多么好的人呢。

冈崎 才三十二三岁,就这么走了,真没意思啊。

　　　　哎，那件事你可千万考虑清楚。

　　杉山　知道，谢谢。

| 然后返回办公室。

138　当天夜里　三浦所住公寓（酒坊）的楼下

| 地上摆放着花圈（工会送来的）。

139　（空）

140　同上　二楼

| 正对面停放着棺椁，三浦的老母亲、姐夫以及和尚陪侍在侧。杉山正在礼拜。

　　杉山　（礼拜完毕，对老母亲等人）请节哀……
　　老母亲　您能来太好了……（然后介绍三浦姐夫）这位是勇三的姐夫。
　　杉山　您多费心——
　三浦姐夫　……
　　老母亲　（对三浦姐夫）这位是杉山先生，是和勇三同

　　　　　时进的公司呢。

三浦姐夫　是这样啊。

　　杉山　阿姨，想来您一定很难过吧……

　老母亲　唉，眼下再怎么说心里都揪得慌……不过，昨天晚上，勇三也跟您说了很多心里话……

　　杉山　啊，真是太突然了……

　老母亲　唉……他哥哥也在马尼拉战死了。他这一走我再也没有儿子了……再也没有人跟我发牢骚……

| 说到此处，她强忍着悲伤的泪水。这时似乎有一位吊唁者正在上楼。

　　杉山　（趁此机会）那再见……

　老母亲　谢谢！

| 杉山起身下楼了。

141　楼下

| 杉山来到楼下，对负责接待工作的年轻同僚说道——

　　杉山　辛苦了。

　　冈崎　哪里……

142　客间

|杉山过来，跟在那里的河合说——

杉山　晚上好。

河合　哎——三浦太可怜啦。

杉山　我昨晚才见过他呢，万万没料到会发生这种事情。

河合　嗯——不过吧，那家伙尚未体会到职员生活中令人生厌的一面便死掉了，这一点儿也算是幸福吧。

杉山　呃……

河合　因为再也没有谁会像他那样单纯地喜欢在丸大厦的公司上班呢。

杉山　可不是嘛。

河合　其间他也有过厌倦吧。

杉山　没有，那家伙从不会厌倦哦。

河合　是啊……或许是吧。正因如此，才觉得他尤为可怜呢……

杉山　……

河合　不过，单身阶段还算好的。要是娶了媳妇再生了孩子，他也不可能对工薪阶层始终那么心满意足吧。工资并不会随着孩子的增多而增长呢。

杉山　唉……

河合　这么看来，三浦没准儿还是幸福的呢。哎，虽说我们大家还活着，也没感觉多么幸福啊。

杉山　唉……

河合　唔。

| 话语到此中断，唯余刚才听过的木鱼声，寂寞而清冷。

143　傍晚　某公寓外景

| 鹭之宫[1]附近——

144　同上　走廊

| 昌子将土豆放在笸箩中，在公用水池中冲洗。
　冲洗完毕，她返回房间。

145　同上　某个房间（富永荣的屋子）

| 昌子进来，将笸箩放在厨房里，随后刷洗抹布，洗好晾晒在窗边。这时荣下班归来。

---

1. 日本地名，位于东京。

荣　我回来了。

昌子　回来了。

随后她返回厨房。

荣　你还在呢。

昌子　我没那么碍事吧?

荣　不,有你在我可方便多了,巴不得你在呢——(拿出纸包)给,汉堡牛肉饼,还有酱烹海味——家里做的啥?

昌子　番薯汤——啤酒冰好了。

荣　好啊。

随后,她脱掉衬衫,披上浴衣,然后脱裙子,同时说——

荣　今天真热呢。我们公司虽说在三楼,可是旁边的楼都很高呢,挡得一点儿也不通风。我都快窒息了。

昌子　这里倒是有风呢,要比蒲田凉快些吧。

荣　哎,我说你是不是想他了?

昌子　什么?

荣　你老公呗。

昌子　为什么这么说?

荣　你刚才还担心蒲田很热呢。

昌子　我哪里有!……报纸经售人来收费了。

荣　哦。

昌子　拿着。

荣从昌子那里接过啤酒，坐到矮餐桌前。
她拿过一只杯子，去掉啤酒瓶盖，自斟自饮起来。

荣　你家先生，调动的事情怎么样了？

昌子　怎么样了呢……

昌子也拿过酒杯，自己倒上酒。

荣　如果他调去那边你怎么办？

昌子　轻松自在啊。

荣　撒谎！

昌子　不，我说真的——可他不会去的，他呀，眼下才舍不得离开东京呢。

荣　可不是嘛，好不容易瞒着烦人的老婆搞上个可人儿呢。

昌子　（故作不在乎）是吗——（然后喝了口啤酒）还真是好笑，我故意戏弄他呢，就说去吧快去吧——

荣　知道了知道了。心情相当复杂啊。

昌子　可不是。

荣　真实感受到底怎样？

昌子　很是不开心呢。

荣　我也经历过呢，陈年旧事啰。

昌子　哦，对了对了，连你也摊上过这些烂事儿呢。

荣　哼，所以说啊，这老公一旦变得时不时地晚回家，就是拉响警报啰——历史是由夜晚创造的。

昌子　确实，当真马虎不得呀。

随后她起身返回厨房。荣喝光了杯中酒。

荣　（半开玩笑）你赶紧回家吧。

昌子　不，偏不回去。

荣　你厉害你厉害。

昌子　说实话，他今天打过电话来呢。

荣　他这么清楚吗？知道你在这里。

昌子　他去过五反田我娘家，打听到的吧。

荣　他说什么了？你先生。

昌子　我拿起电话一听是他的声音，马上挂掉了。

荣　真的吗？

昌子　千真万确。

荣　厉害，厉害，不狠狠地教训他一番可不行呢。姑息了第一次他便会得寸进尺。我就是因为这样才彻底败了——所以你所知道的事件，已是第二次啰。

昌子　第二次？是吗？

荣　从那人死后虽然没有第三次，但凡事都是第一次最为关键呢,所以啊,你可不能一时糊涂就回去啦——这可是过来人的经验之谈。

146　杉山家　走廊

周六午后——
餐桌就那样放着,早报、晚报读完扔在一边,还有衣橱的抽屉拉开了也没关上,而且,在一片狼藉之中,还堆放着拿出来的行李箱等物件。

147　同上　二楼

这里也被搞得乱七八糟,杉山站在狼藉之中,从藏书中选出两三本,然后拿着书去往楼下。

148　楼下

杉山下来后,将那几本书塞进行李中。他看起来无精打采的。
玄关门开的声响——

青木的声音　喂,阿杉,你在家吗?
　　　杉山　哦,阿依么,进来吧。
青木进来。

青木　干什么，这就开始收拾行李了？

杉山　嗯。

青木　哪天走？

杉山　后天，我想星期一晚上出发。

青木　太太干什么去了？

杉山　她回娘家了。

青木　我今天早晨才从雷鱼那里听说这事儿……

杉山　哦，他昨晚来过呢。

青木　为什么会这样呢？

杉山　唉，事已至此，索性离开东京一阵子，希望能在山里静下来好好想想。

青木　不是这个，我说的是太太。

杉山　噢，拌了几句嘴。

青木　这怎么行啊，我去帮你接回来吧。

杉山　不用了。

青木　吵架可不解决问题呀。

杉山　你不也吵过吗？

青木　唔，虽然我也吵过——我来帮你吧。

说着便动手收集散乱的杂志等东西。

杉山　唔……（看过去）啊，那些不要了。

青木　这些全都不要了？

杉山　嗯。

青木　那捆起来吧。

杉山　好的。

于是青木把这些杂志摞起来，搬到隔壁房间，用扔在那里的绳子捆了起来。

青木　跟你说，阿杉，我有个朋友的老婆肚子大了怀了小孩呢。他说工资这么点儿，孩子生下来更艰难了。听着怪可怜的。

杉山　（心不在焉地回答）唔。

青木　这种时候该怎么办啊？

杉山　唔。

青木　你那个时候，是什么状况？

杉山　什么呀？

青木　孩子呀。你太太大肚子的时候，你心情如何？

杉山　这个啊，也没特别开心呢。

青木　是嘛，都一样啊。

杉山　你说什么？

青木　哎呀，其实是说我自己呢，我老婆怀孕了。

杉山　是吗？这不是可喜可贺吗？

青木　也不是什么喜事呀。我在想怎么办呢？

杉山　既然有了，就不必多想哦。

青木　不过，要是养不起怎么办？

杉山　不会，我曾经也这么想过，可就一个孩子总能养活呢。

早春　299

青木　倒也是啊。

杉山　曾经我也不想要孩子。可是生下来后，孩子一天天地可爱起来，正是最可爱的时候，却因为婴儿吐泻症说没就没了。你知道吗？当真哭得天昏地暗……

青木　是嘛……或许就这样吧。

杉山　之后即使觉得寂寞，却再也生不出来——那么，既然怀上了那就生下来吧。

青木　唔。不过，还不知道能生个什么家伙呢。

杉山　这种事儿谁都不会知道啊。不过，既可能诞生个太阁[1]，也可能生出个马克思。关键的是，在没有生出这些人物之前，你再怎么考虑也无济于事呢。尽管生下来，好好地培养，当孩子第一次变得可爱，你会觉得很美好呢。

青木　或许吧。那就生下来吧。

杉山　嗯，这就对啰。

青木　——但是，不会出问题吧？

杉山　什么啊？

青山　哎呀，前些日子，我带她去了六乡的土堤，她从高处往下跳呢。然后第三次跳的时候，一下子摔了个屁股蹲儿呢。

---

1. 摄政或太政大臣的敬称，特指丰臣秀吉。

杉山　……（不由得苦笑起来）

青木　没事儿吧，哎，不会有事儿吧？

杉山　这种事情我可不担责任哦。虽然我们那时没问题。

青木　那么，我们也会没事儿的。要是因此生下个没出息的淘气鬼那可糟了，千万不要啊。

说完，他抱着捆好的书返回去。
这时玄关传来开门声——

千代的声音　有人吗——

两个人面面相觑——

青木　这不是金鱼吗？——（然后他走向玄关）是金鱼啊，进来吧。

千代进来。

千代　你好——阿侬来了？

青木　哦，我这就要回去了。

千代　干吗这么急着走呀？

青木　不走不行啊，还有要紧事儿呢。

千代　什么事儿？

青木　不能跟外人说的——那么，阿杉我走啰。（杉山嗯了一声）对啰，还有件事，雷鱼说了要为你办个送别会呢。

杉山　那种事儿，免了吧。

青木　金鱼，你也要来哦。

千代　嗯。

青木　再见。

杉山　再见。

千代　再见。

于是青木回去，千代送他至玄关处然后折返回来。

千代　听说你要转调工作了？

杉山　——？

千代　为什么不跟我说呢？

杉山　……

千代　（靠近杉山坐下来）为什么不跟我说一声呢？你想不辞而别吗？

杉山　不是，我正想说呢。

千代　骗人！你是想躲开我吧，我明白着呢！

杉山　不，并非如此。走之前我想见你一面。

千代　撒谎，骗人！

杉山　不，是真的。我想见面跟你道歉。

千代　为何道歉？什么事情需要你向我道歉？连一丝一毫的道歉都不必呢！错就错了也没关系！但为什么不吱声！为什么要一声不吭地逃走呢？

杉山　不，不是逃避。

千代　这还不是逃避！最近这些日子你不是一直在躲着我嘛！（眼泪汪汪）你想摆脱我所以才去那么远的地方，个中心思我一清二楚呢！如果讨厌我那就讨厌好了。我绝不会强求你喜欢我！为什么不能跟我把事情说清楚呢！

杉山　所以我正要跟你……

冷不防的，千代飞起一巴掌甩向杉山的脸。

千代　再怎么诡辩都没用！

杉山　……？

千代　（再次扇他一耳光，怒目而视）欺人太甚！

她斥责着，忽然冲出门去。

杉山　……

走出玄关的声响——

杉山用手捂着被打的脸颊，陷入沉思。

149　当晚　"喜多川"小酒馆

屋内情景——

有客人一位，在用牙签剔牙。

志希穿着简简单单的夏装，坐在房间入口处，摇着团扇。

客人　（放下饭费）大婶，放这儿了。

志希　好的好的，谢谢。感谢你常来惠顾。

客人　多谢款待。

说完，客人便离开了。

志希起身走过来，收拾桌面。这时杉山进来。

志希　哟，您来了。

杉山　晚上好。

志希　昌子怎么样了？回去了吗？

杉山　还没呢……

志希　是嘛。还没回去呢？

杉山　嗯——总之，我决定后天晚上出发。以后，还会照旧走下去……

志希　嗯，嗯，这就好……怎么回事儿啊，昌子也是的。（然后冲着二楼喊着）幸一，幸一，你跑个腿儿，去一趟目白的公寓吧……

杉山　不必了，妈妈，我这就去那边呢。

志希　是吗？那敢情好哇。

杉山　嗯，那我走了——

志希　路上当心。

杉山刚出去，幸一（21岁）从二楼下来了。

幸一　什么事儿呀，妈妈。

志希　哦，你姐姐到现在还没回蒲田呢。

幸一　嘿!

志希　杉山刚才来过了。他接你姐姐去啦。

幸一　真没出息。这么轻率地去接她,姐姐又要翘尾巴啰。

志希　是吗?不过总不能置之不理吧。再说杉山后天就要离开了。

幸一　他们又为什么吵架呢?

志希　乱七八糟的很多事儿呢。总之是杉山招蜂引蝶吧。

幸一　那是因为吃醋吵架?

志希　唉,说到那种事——你父亲当年还不是一样,坏毛病更严重呢。我嫁过来的当晚,他竟然跟朋友去了吉原[1]。

幸一　那个时候妈妈你是怎么做的?

志希　什么都没做呀,当时我还以为就该那样呢……没办法呀,生为女人三界无家[2]啊。

幸一　呵,妈妈还真是迂腐呢,不要那样啊。

志希　虽说是迂腐,可这世道并无变化呢,还是一样哦。

---

1. 旧时东京台东区的妓馆区。
2. 表示旧时日本女人社会地位低下,女人出嫁前是寄住在父母家,出嫁后寄住在老公家,老了之后寄住在子女家,一辈子寄人篱下,所以说三界无家。

|这时昌子进来。

  志希 哎呀,你回来了,刚刚在那边没碰见杉山吗?
  昌子 ——?
  志希 他走了不一会儿工夫,说是去公寓找你。
  昌子 (冷冷地)是吗?

|随后她径直上二楼去了。
 志希与幸一面面相觑,随后也跟在昌子身后上了二楼。

  幸一 妈妈,衬裙要掉下来咯。
  志希 我知道啦。净关注些古怪的事情,真是个讨人嫌的孩子呢。

150 二楼

|志希上来,看到昌子正在解包袱。

  志希 做什么?
  昌子 找夏天的单和服。
  志希 我不是问这个。你想怎样啊,杉山后天可就出发了。

|昌子不吭声,从包袱中取出夏天穿的单和服。

志希　凡事适可而止，赶紧回蒲田去。

昌子　……

志希　吃醋使小性子有个差不多得了。

昌子　我可不是吃醋哦。

志希　那是什么。杉山一个人不可怜吗？

昌子　行了吧。

志希　不行。快回去。

昌子　我不回去。

志希　杉山可就要走了呢。

昌子　别操心了，随他去吧。

志希　可是，夫妻不该是这样呢。毕竟杉山也知道自己大错特错。该让步时却一步不让，事情真要无法挽回喽。

幸一的声音　（从楼下传来）妈妈，来客人啦。

志希　这就去——（对昌子）你看着办吧，妈妈可真不管了。

志希说完下楼。昌子无精打采地起身，取过一边的团扇，坐在飘窗上，入定般地思考着。摇动的团扇渐渐地停了下来。

151　当晚　"蓝山"酒馆

杉山靠在吧台边，神情落寞，独自沉思。
店里还有一位老熟客服部东吉。

服部的面前放着威士忌酒杯。
在吧台里面的是河合的妻子雪子。

  服部 太太，这个，再来一杯。

  雪子 还喝呀。您都喝这么多了。

  服部 放心吧，感觉好极了。请再来一杯。

雪子给他倒上三得利威士忌。
河合从外面归来。

  河合 欢迎光临。

  服部 哦。

  杉山 晚上好。

  河合 哟，你来了。

  雪子 杉山先生说后天就要启程了。

  河合 是吗？你真想去啊，条件可是很差呢，在大山里面。

  杉山 是啊。

河合进到吧台里面，雪子退回里屋。

  杉山 去了那边暂时见不到您了。

  河合 噢，让你特意跑一趟，多谢。

  杉山 途中，我还想去拜访一下小野寺先生。

  河合 好啊，那请帮我给他带个好。唉，到底要走了。

  杉山 嗯。

河合　三浦死了,你又要去远方,日子越发冷清了。

服部　你要转调去外地吗?

杉山　嗯。

河合　这位是我曾经工作过的公司的晚辈。

服部　是嘛,高升了吧?

杉山　不是。

服部　那不错啦。(从记事本中拿出名片)我在这家公司上班。

杉山　呀,多关照。

服部　哪里,您没听说过吧,这是一家很小的公司啊。

河合　不过,服部先生可是相当勤勉呢。

服部　哪里,勤勉不勤勉的,反正明年我也就退休了。

河合　是嘛,你工作了多少年?

服部　整三十一年啰,我也干够了。

河合　那么,退职金也是相当可观啊。

服部　哪有啊,说实话,很久以前我就打算了,等退休后,就在某个小学附近,经营一家文具店,跟孩子们做伴儿,悠闲度日,可是到手的退职金根本没有那么多呀,还要扣除税金。总之,我们这些工薪族,临到头来,充其量不过是对着退职金品味人生的寂寞吧,三十一年的工作,现在想想真是空空如梦啊。

河合　我也随便说说吧,这是很久以前的事情了,我曾经和镇内商兴会的同伴们一起去箱根，行至大矶时巴士出了故障，正好是在池田先生的府邸前面，于是我就前去造访了一下。

服部　您所说的池田先生，是那位大藏大臣?

河合　正是，还兼任商工大臣，池田成彬[1]，就是他的府邸呢。虽然自他过世迄今也没有多少年，但是草坪已被翻掘，整成了旱田；梅树的枝条不加修剪，胡乱地生长着；杂草丛生，衰败荒凉；唯有日光室内九重葛的花儿兀自盛开，鲜红灿烂。

服部　喂，你说的那是什么花儿?

河合　也叫三角梅，是一种热带植物呢，真是没来由地感伤啊。说起池田成彬先生，那可是三井财阀的巨头，不折不扣的清白廉洁，可谓是日本首屈一指的工薪阶层，但即便如他这般人物，到头来也无非如此吧。

服部　唉，可不是嘛。

河合　纵然期间有过战争又如何呢。

服部　不错。

河合　正如您方才所言，人生如梦转头空啊。

服部　哎，原本我吧，绝对不希望我儿子再当什么公

---

1. 池田成彬（Lkeda Shigeaki，1867—1950），日本实业家，二战时近卫内阁的大藏大臣兼商工大臣，第14任日本银行总裁。

司职员，每天穿着西装，拎着提包，往返公司，哪点儿好呢？可终究是鸡窝里飞不出金凤凰啊。

说完，他抽抽鼻子，品着威士忌。
杉山一直凝神静听。

  河合 呀，失敬失敬，（拿出酒杯）来一杯吧？
  杉山 好的。

河合给他倒上威士忌，然后给自己也倒上。

  河合 总之，就要分别了。打起精神来吧。
  杉山 好。
  服部 多保重哦。
  杉山 嗯，非常感谢。
  河合 来，喝酒。

于是三人举杯饮酒，不过只有杉山，看起来心情有些郁闷。

152 次日傍晚 田边公寓 走廊

传来歌曲《萤火虫之光》的合唱声——

153　室内

电车伙伴们正在举行送别会。

桌上摆着啤酒、盖浇饭以及油豆腐寿司等等,围着杉山,大家一起歌唱。

一曲歌罢——

  桃子　阿杉,多保重。

  杉山　噢。

  辻　要好好爱惜身体呀。

  杉山　嗯,谢谢。

  辻　逢年过节能回东京吧?

  杉山　唉,谁知道呢。或许回不来啊。

  青木　(指着杉山面前的盖浇饭)喂,阿杉,你……不吃那个吗?

  杉山　不,要吃呢。

  青木　是嘛。

  茶亚子　阿侬,我的分你一半。

  青木　哦,好啊(接受)……往后阿杉不在,咱们可就寂寞了。

  田边　是啊,喂,一定要健健康康的。

  杉山　好。

  桃子　我说,大家一起再唱一遍吧?萤火虫之光……

  野村　唱吗?

早春

茶亚子　唱起来吧。

大家伙　（异口同声）唱吧唱吧。

这时传来敲门声，千代进来。

田边　哟。

千代　抱歉，我来晚了。

田边　你来得正好。到这边来吧。

千代　去那边？

田边　嗯。

千代坐下。

千代　（对杉山）到底要走了，阿杉。握个手吧……

说着她伸出手。

杉山也伸出手，两只手握在一起。

千代　多保重。

杉山　啊，多谢。

于是，大家伙一起唱起了《萤火虫之光》：

借着萤火虫之光

映着窗边的白雪

日积月累勤读书

不知不觉时光过

打开杉木之门吧

今朝即将别离去

……

154　濑田川

| 河流风光——

155　同上岸边

| 小野寺和杉山坐在那里。

小野寺　唔，究竟是什么时候的事儿?

杉山　大约十天前吧。

小野寺　那么，自那以后再没见过太太吗?

杉山　嗯，去找她，她又不在，没能见上面……

小野寺　怎么回事儿，原因呢?

杉山　是我犯了错。

小野寺　因为女人吧?

杉山　嗯。

小野寺　（微笑着）哎，还是要珍惜太太的，我跟你这般年纪的时候，对老婆可是温柔得很。

杉山　……

小野寺　说到底老婆才是最重要的，不是吗? 每到紧要关头，公司什么的总是冷冰冰的啊。也许是因为到了这般年纪，已经没多大前途了吧，最近感受尤为真切……

杉山　……

这时，小野寺抬起头来——只见京都大学短艇部的成员们齐刷刷地划着桨，小艇在水面滑行。

　　小野寺　那般年龄可是最好的时候啊……
　　杉山　可不是嘛……从前，河合先生也在这里……
　　小野寺　是的。还有那家伙呢，那个时代……

在水面滑行的小艇……

　　小野寺　那段时期堪称人生的春天啊。
　　杉山　是啊……
　　画外音　爸爸……

小野寺突然移开视线望过去——

　　小野寺　哎，好像准备好了，咱们过去吧？
　　杉山　好的。
　　小野寺　（站起来）总之，错误是在所难免的，当务之急尽快把太太接到身边。
　　杉山　……
　　小野寺　历经许多事情，两人才渐渐成为真正意义上的夫妻呢。那么，可别让我这个调解人太担心啰。
　　杉山　不会的……对不起。

于是二人走了起来。

远远地看过去,孩子们正挥舞着手臂。

两人也回应着孩子们的召唤,挥着手走着。

156 三石(冈山县和气郡的山中)

| 耐火砖的工厂位于此地。

157 工厂风景

| 能看到对面的办公室。

158 办公室

| 杉山正在办公。

   同僚 这天真热啊。

   杉山 是啊。

   同僚 跟东京比哪边热?

   杉山 这个嘛,东京也很热呢。

   同僚 这里周遭全是山,一点儿风都进不来呢。

| 杉山笑着点点头,继续工作。

同僚　从东京转调这里很无聊吧？这么小的地方。

｜像是要抹杀掉这句话似的，突然间火车的汽笛轰鸣起来。

159　工厂附近的下行线

｜山阳干线的运货列车轰然而过。

160　工厂

｜烟囱里冒出滚滚尘烟。

161　傍晚　坡道

｜杉山走在下班的路上。

162　杉山的住所

｜杉山归来——

  杉山　我回来了。

没有回应。

  杉山直接登上二楼。

163　二楼

上来后，他猛然发现墙壁上挂着昌子的衣服，书桌上放着女士手拎包，房间一角还放置着提包等物件。

  这时昌子一边用毛巾擦着手一边上楼来。

  昌子　你好。

  杉山　哟，你几点到的？

  昌子　中午，稍微提前些。

  杉山　火车上不挤吗？

  昌子　挺挤的。不过，我早早去了东京站所以还有座位。

两人坐下来。

  杉山　你看过信了？

  昌子　看了，小野寺先生也给我去信了。

  杉山　他说什么？

昌子　叫我马上到三石。还说，出了问题，需要双方共同努力，化解于萌芽状态，拘泥于无聊的琐事，会变得更加不幸。

杉山　这里特别小哦。

昌子　刚才我去买东西，领略过了。

杉山　在这里过上两三年真心不容易呢。

昌子　说的也是，不过，这样也好，我们相互都改变一下。

杉山　对不起。真的很抱歉。

昌子　不必说了。我也有不对的地方呢。你什么都不用说了。

杉山　不，对不起。再怎么说是我的错。

昌子　别再说了。

| 她起身把毛巾搭到窗户边上，然后就那样背着身伫立在那里。

昌子　我听楼下的大婶说了，说你下班回来，晚上一直关在家里读书呢。变化可真大呀。

杉山　唉，毕竟这里也没有其他事情可做啦。

昌子　不过，我听了之后很开心（随后她返回杉山身边），果然来对了。

杉山　呃。我也感觉那样下去不是办法。再来一次，从头开始哟。

昌子　是吗？那我也要。

杉山　这次我会努力的。

昌子　是，加油吧。（忽然将目光移向窗外）啊，火车开动了。

杉山　嗯。

| 于是两个人并肩站着看向窗外。

164　（从屋内看出去）

| 上行快车飞速前进。

165　窗边

| 两个人一动不动，目送列车走远。

杉山　若是坐那趟车，明天早晨，就能到达东京了。

昌子　是啊，两三年的时光很快呢，转眼就过去了。

杉山　嗯。

| 两人将各自的感怀纳入心底，默默地盯着远去的列车。

166　以黄昏时分的小镇与大山为背景

| 高速行进的上行快速列车——

166A　工厂

| 烟囱里冒出滚滚浓烟。

—— 终 ——

东京暮色

> 1957年（昭和三十二年）
> 松竹大船制片厂
> 现存剧本、底片、拷贝
> 15卷，3841米（140分钟）黑白
> 1957年4月30日公映

职员表

策划　山内静夫

编剧　野田高梧　小津安二郎

导演　小津安二郎

摄影　厚田雄春

美术　滨田辰雄

音乐　斋藤高顺

录音　妹尾芳三郎

照明　青松明

剪辑　滨村义康

刑警和田　　　　　　　　　　宫口精二

富田三郎　　　　　　　　　　须贺不二夫

『小松』餐馆女老板　　　　　浦边条子

女医生笠原　　　　　　　　　三好荣子

『小松』餐馆顾客　　　　　　田中春男

前川泰子　　　　　　　　　　山本和子

家政妇富泽　　　　　　　　　长冈辉子

酒吧女服务员　　　　　　　　樱睦子

酒吧顾客　　　　　　　　　　增田顺二

警官　　　　　　　　　　　　山田好二

店老板菅井　　　　　　　　　菅原通济

出场人物

杉山周吉　　笠智众
明子　　　　有马稻子
沼田康雄　　信欣三
孝子　　　　原节子
相岛荣　　　中村伸郎
喜久子　　　山田五十铃
川口登　　　高桥贞二
木村宪二　　田浦正巳
竹内重子　　杉村春子
关口积　　　山村聪
下村义平　　藤原釜足

1　暮色下的东京

| 池袋附近。
　高楼之上，落日余晖铺满冬日的天空——
　月黑时分，街边的霓虹熠熠闪亮——
　一辆运货车正通过高架线。

2　小吃街

| "小松"餐馆正位于此处。
　杉山周吉走来并进入餐馆。

3 "小松"餐馆内部

有一位客人坐在柜台前,慢条斯理地品着杯中酒。这时,杉山周吉(某银行监事,57岁)进来。女老板阿常(55岁)迎上前来。

阿常　哎哟,稀客呀……欢迎光临。

周吉　啊,好久不见了。

阿常　这天儿冷起来了。

周吉　嗯,凉飕飕的。

阿常　最近来这边工作?

周吉　啊,时不时地过来。

阿常　这届的分行经理,也时常跟大家伙儿一起过来呢。

周吉　是吗?冈部君也好这口啊。

阿常　对了,您来得正好。今天有老家寄过来的盐渍海参肠呢。

周吉　是吗?我来得还真是时候啊。那么,烫壶热点儿的酒吧。

阿常　好的好的。

客人　大婶,也给我来一份吧。

阿常　您要什么?

客人　海参肠呀……还有这个(酒),烫热点儿。

阿常　好的好的,(边往酒壶里倒酒,继续对周吉说)可是,不管是谁,好不容易熟稔起来,马上又调去总店了……

周吉　哦，是啊。

阿常　话说回来，人家发迹升迁咱也没办法啊。

周吉　明美呢？……今天没来？

阿常　她去滑雪了，跟朋友一起……穿过清水隧道，再往前去有个地方……说是有350千米的积雪呢。

周吉　不可能有那么多。这要是350公里，那都堆到名古屋附近了。说的是厘米吧。

阿常　哎呀，大概是吧，搞不懂啦……府上的小姐，今年去过了？

周吉　她还没去滑呢，早晚会去的。

阿常　先生，要不要尝尝牡蛎？跟海参肠一起发过来的，的矢[1]产的。

周吉　好哇。

阿常　要怎么吃？

周吉　一会儿做个杂烩粥吧。

阿常　好的好的。

客人　大婶，我也要一份，牡蛎……我的用醋拌拌就好了。过会儿也给我一份杂烩粥吧。

阿常　好的好的。

周吉　我也来一份吧，醋拌牡蛎。

---

1. 日本地名，位于三重县志摩市矶部町。

阿常　确定要吃？

周吉　嗯。

|周吉与客人，不由得对视一眼，会心一笑。

客人　（对周吉说）这天冷起来了。

周吉　是啊。

客人　（哧溜一声吸了口海参肠）这个果真不错呢，味道鲜美呀。大婶，你老家在志摩[1]一带吗？

阿常　嗯，我是志摩安乘人。

客人　是吗？令人怀念的地方啊……巧了，我妹夫也是那里的人呢，老家波切[2]……先生，您熟悉那里吗？

周吉　不，不太了解，不过我去过一次贤岛[3]。

客人　贤岛也是个好地方呀，难不成您是做珍珠生意的？

周吉　不是，我在银行工作……那的确是个好地方，湛蓝湛蓝的大海。

客人　就是就是，海水很深啊。我曾经坐着蒸汽船绕着那里游览了一圈呢。珍珠这种东西，怎么说

---

1. 指伊势志摩，是日本本州中部城市，属三重县，位于志摩半岛北侧，有伊势神宫等名胜古迹，为伊势志摩国家公园的门户。珍珠制品为其特产。
2. 日本地名，位于三重县志摩市大王町。
3. 贤岛位于日本三重县志摩市的英虞湾内，是英虞湾内最大的岛屿。

呢，据说离开了那片水域就无法自然生长呢。虽说他已不在人世，但御本木[1]先生也是相中了这个好地方吧。您说是不是?

周吉　或许是吧。

阿常　对了，先生，前几天的晚上，大概12点多吧，沼田先生过来了。

周吉　哦，他一个人吗?

阿常　不是……带着两个学生……他来的时候就已经醉醺醺的了。

周吉　（略有不快）是吗?

阿常　好像是那两人送他回家，走到半道拐进来了。

周吉　给你添麻烦了。

阿常　哪儿的话，没那回事儿。

周吉　沼田经常过来吗?

阿常　没有，也就最近这段时间……

周吉　这样啊。

阿常　对了，他还把帽子落这儿了……

| 墙壁上挂着一顶黑色礼帽。

周吉　……哦，不一定什么时候还会来取吧。

---

1. 指御本木幸吉（Mikimoto Kōkichi, 1858—1954），享有"珍珠之王"的美誉，以他的名字命名的人工培育珍珠品牌"御本木"享誉世界。

> 客人 （拿着酒壶）先生，喝一杯吧？
>
> 周吉 呀，多谢啦……

| 他接受敬酒并喝了起来，但总觉得有些闷闷不乐。
挂在墙上的黑色礼帽——

4　同天晚上　杂司之谷[1]的小巷

| 周吉归来。
国营电车飞奔的声音。

5　杉山家　玄关

| 大门口。
周吉开门进屋。
周吉进来。

> 周吉 我回来了。

| 他脱下鞋子进到房间内。

> 孝子 您回来了。

| 他闻声看过去，见到长女沼田孝子（32岁）。

---

1. 日本地名，位于东京都丰岛区。

周吉　哟，你来了。

孝子　嗯，外头很冷吧？

周吉　嗯。

6　起居间

| 孝子跟在周吉身后。

周吉　富泽呢？

孝子　傍晚打发她回去了。

| 暖炉边上，孝子的女儿道子（2岁）已经睡着了。

周吉　呵，睡得这么香啊。你大约几点来的？

孝子　过了晌午，爸爸，要吃饭吗？

周吉　我吃过了。

孝子　哦。

| 这时周吉开始换衣服，孝子帮忙。

孝子　给。

| 递给他和服的腰带。

周吉　唔。（接过来）没有布袜了吗？

孝子　（找了找）放在哪儿呢？

周吉　可能没了，大概富泽拿去洗了吧。你看看那边最下面的抽屉里有没有。

孝子　（打开衣柜）找到了。

周吉　嗯。

| 周吉坐下来——脱下袜子换上短布袜，孝子收拾换下的衣物。

周吉　沼田还好吧？

孝子　（一边收拾）嗯。

| 话题转向沼田后，发觉孝子的声音突然冷了下来。

周吉　最近，叫什么名字来着，他发表在杂志上的那篇，《对自由的抵抗》吧，我读过了。

孝子　是嘛。

周吉　很有意思啊。

孝子　……

周吉　可不可以拜托一下，给原稿看看？

孝子　……

周吉　最近过得怎么样啊？

孝子　什么？

周吉　说你啊。

孝子　（逃避话题）刚泡好茶，喝一杯吧？

周吉　哦，来，靠这边点儿。

| 孝子到火盆旁边坐下，备茶。

周吉　你这么晚不回去行吗?

孝子　嗯,没事儿。

周吉　最近有一次,沼田很晚才回家吧?

孝子　什么时候?

周吉　他是醉醺醺地回去的吧。

孝子　说的哪天啊,那种事情时有发生。

周吉　他经常喝这么多酒?

孝子　嗯,近来总是这样。

周吉　呃。

| 随后他把铁壶中的开水倒进茶壶里。

孝子　估计他遇到不开心的事情了,肯定是。

周吉　什么事情?

| 这时,孝子的妹妹明子(21岁)从二楼下来。

明子　您回来了。

周吉　怎么,明子你在家啊。

明子　嗯,姐姐,被褥铺好了。

孝子　哦,谢谢。

| 明子正要返回二楼。

孝子　阿明,要不要喝杯茶?

明子　不要。

周吉　(问孝子)你今晚不回去了?

孝子　嗯。

周吉　怎么了……（孝子把茶碗放到暖炉上面）这又出什么事儿了？怎么回事儿？

| 孝子不吭声，轻轻地拍着道子。

周吉　又跟沼田闹别扭了？

周吉　（过了片刻）真是不省心啊。

孝子　（尴尬地笑笑）……

| 话题到此中断。

孝子　爸爸，给您铺一下被褥吧？

周吉　唔。

孝子　我也很无奈啊。

周吉　（看看她）哎，来这边，坐一会儿吧。

| 孝子没精打采地返回，坐下。

周吉　究竟有什么问题？

孝子　没什么，暂时不理他就是。

周吉　可是——

孝子　别提了，他就是那种人。

周吉　哪种人？

孝子　他这个人有毛病，时不时地发作呢，一个人焦躁不安地，难得孩子安静一会儿，可是没来由地就遭他一通呵斥。

周吉　这样啊。

｜接下来两个人陷入短暂的沉默——

　　孝子　当他面夸朋友两句啦，或者他在学校里遇到点儿不痛快的事儿……
　　周吉　但是，那跟你有什么干系？
　　孝子　本来就是呀，所以他神经质呢。
　　周吉　呃。
　　周吉　（沉思片刻）等找机会我跟他谈谈。
　　孝子　（一下抬起头来）您跟他谈了也不管用的，只会让自己不痛快，那种人不可理喻呢！
　　周吉　唔。

｜于是谈话又中断了。

7　日本桥附近的高楼区

｜沐浴着午后明媚的阳光。

8　银行（总店）前面

｜某某银行的招牌。正门口矗立着高大的柱子。

9　银行内

| 忙碌工作的银行职员们。

10　二楼走廊

| 周吉与另外一名董事走出董事办公室。

　　　　　董事　……问题比较棘手，还请您多多费心！
　　　　　周吉　知道了。
　　　　　董事　那回见。
　　　　　周吉　回见。
| 这时休息室的女勤杂工过来了。

　　　女勤杂工　您有一位访客。
　　　　　周吉　噢。
| 随后周吉去往监察室方向。

11　监察室

| 周吉进来，看到自己的妹妹竹内重子（化妆品公司的女社长，46岁）在等他。

　　　　　重子　你好。

周吉　哟，你来了，什么事儿？

重子　没什么，我去信贷处的平木先生那里，顺便过来的。

周吉　哦。

重子　哥哥，午饭吃了吗？

周吉　还没呢。

重子　听我说……

| 话未说完传来敲门声。

周吉　进来。

| 女勤杂工应声而入。

女勤杂工　东和印刷的经理先生的遗体告别仪式，后天下午一点举行。

周吉　一点……（写到记事本上）是在青松寺吧。

女勤杂工　是的……

| 说完她便出去了。

重子　是这样，从这里出去，就在那个拐弯儿的地方，哥哥，你去过那里吗？

周吉　什么地方？

重子　味道很好呢，店面整洁漂亮。

周吉　做什么的？

重子　鳗鱼店哟，咱们去吃吃看吧?

周吉　你办完事儿了?

重子　嗯。咱们去吧，好不好，就那里呢，我做东哟。

周吉　唔，那就去吧。

他收起记事本，按下呼叫铃，看着桌上的信函。

敲门声。

周吉　进来……（女勤杂工进来）小林，我有事出去一下，大约两点左右回来，要是有我电话请帮忙接听一下。

女勤杂工　是。

重子　（对女勤杂工）请问，二楼的卫生间在哪儿?

女勤杂工　到走廊上右拐，然后走到尽头就是。

重子　哦。

说完她急匆匆地出去了。

12　空走廊

向着卫生间方向碎步急行的重子。

女勤杂工也离开了。

13　高楼环伺的胡同

| 鳗鱼店的招牌。

14　鳗鱼店

| 从店里走出一位客人。
　厅内放置着餐桌。重子与周吉坐在逼仄的小客间内——小女服务员过来点餐。

　　　　重子　那么,给我们上串烧鳗鱼与鳗鱼肝汤……哥哥,要不要喝点儿酒?
　　　　周吉　我白天不喝酒。
　　　　重子　没关系呢。(对小女服务员)上一壶酒。
　小女服务员　好的。
　　　　重子　再上份烤鳗鱼肝……一人份就好了。
　小女服务员　好的。
　　　　重子　电话借我用一下吧。
　小女服务员　那边请。

| 小女服务员去了里面,重子也起身出去。

15　那边的电话

| 重子过来,遇见店里的某位人士,

重子　啊,你好。

| 她打了声招呼,然后便拨打电话。

重子　喂喂……是忠先生吗?我现在在吴服桥呢。就在咱们常去的那家鳗鱼店,是的,请常务董事先生接个电话……啊,篠田先生,是我,嗯,银行这边很顺利。所以就按先前说的做吧。嗯……嗯,是的,拜托了。多谢。

| 她挂掉电话正准备返回,忽然又想起什么似的,立在那边,自言自语着。

重子　哦,对了,算了算了。

| 随后她折返回小客间。

16　小客间

| 重子刚一回来——

重子　啊,烦死了烦死了。(她随后坐下,笑道)做生意就是麻烦事儿多啊。

周吉　看来公司生意兴隆啊。

重子　嘻嘻,也没什么啦,不过这要是自己的公司的话……(忽然郑重其事)哎,哥哥,你说父亲的十二周年忌辰如何操办?

周吉　这个，该怎么办呢？

重子　没必要专门去一趟吧。我提前给寺庙送些东西过去，这样行吧？

周吉　啊，就按你说的办吧。

重子　那我就安排了。一千块钱的足够了吧。

周吉　嗯，足够了。

重子　对了，阿明怎么回事儿？

周吉　她怎么了……

重子　是这样，前几天，她去了我那里，说是要借点儿钱。

周吉　什么时候？

重子　四五天前……想起来啦，那时我正要出门去佑天兰公司[1]，对，就是星期二。

周吉　她怎么说的？

重子　没有，她没说理由呢，只说借点儿钱用，再不说话了。五千块哟。

周吉　那你借给她了？

重子　那么莫名其妙，我自然不会借给她啰。

周吉　……

重子　要我看，哥哥呀，当务之急是给那孩子找个可靠的人家嫁掉呢。

---

1. 指UTENA株式会社，日本美妆及护理用品公司。

周吉 唔。

| 小女服务员端来了酒壶和酒杯。

小女服务员 对不起,让二位久等了。
重子 拿点新腌的小咸菜来。
小女服务员 好的。

| 她转身离开。

重子 喝点儿?

| 她给周吉斟酒。

周吉 唔。

| 他接受斟酒。

重子 总之,她不说明缘由,就这一点儿你不觉得奇怪吗?怎么回事儿?
周吉 唔。(喝酒)
重子 对那孩子来说这可是巨款呢。她用来做什么?奇怪呀,我觉得不对劲呢。
周吉 ……呃,明子,究竟出什么事了?
重子 说了句"算了"她就走了。
周吉 ……在家里她可是什么都没说啊。
重子 是吗?所以现在的年轻人在想什么,咱们根本不知道呀……要我看,还是尽早把她嫁出去好呢。

周吉　呃……倒也是啊。
　　重子　哥哥只要你点头，我立刻着手物色。有的是呢，何况那孩子长得又漂亮。
　　周吉　唔。
　　重子　哥哥，再来一杯吧？

｜说着给周吉斟酒。

　　周吉　嗯。

｜接受倒酒。这时，报时的钟声响起。

17　车站的时钟

｜一点整——

18　私营铁路车站

｜车站情景展示——

19　大街上

｜木结构的简陋公寓。
　公寓名称"相生庄"。

20 "相生庄"的二楼 走廊

| 明子到来。

她敲着某个房间的门。

听不到回音,她试着转了转门把手。转不动,于是她走向对面的一个房间,敲着那扇门。

21 室内（富田的房间）

│房间内，富田三郎（酒保，33岁）、川口登（乐队成员，27岁）、松下昌太郎（学生，24岁）正在赌花纸牌，听到敲门声慌忙将花纸牌藏了起来。
再次传来敲门声。

  富田 喂，谁啊？

│门开了，明子进来。

  富田 还以为谁呢，原来是你啊。
   登 你来得真不是时候，你看这把（将抓到的牌给她看），多好的牌。这不是要啥有啥嘛。
  明子 对不起，妨碍你了。
  松下 没有没有，来得正好，你帮我大忙咯。
   登 胡扯什么。
  富田 好啦，进来吧。

│明子走上前来。

  明子 哎，你们知不知道阿宪去哪儿了？
  富田 不在屋里吗？那他或许去学校了吧。
   登 如此晴朗的好天气，那家伙才不舍得去学校呢！
  松下 赶上下雨下雪的就又不会去啦。
   登 你们俩，还真是站着说话不腰疼啊……最可怜的，就是他家乡的老爷子啊。

他们一边聊着一边收拾花纸牌——

  富田　（把钥匙丢给明子）喂，去把门锁上。

明子去锁门。他们开始发花纸牌，又一轮开始了。

  登　……真是好牌啊，我坐庄吗？这牌还凑合吧……弃权算了。
  富田　什么呀，放弃了。
  松下　好！走一张！

这时明子坐到登的身旁。

  明子　喂，阿登，他去哪儿了，你知道吧？
  登　谁？阿宪吗？

明子嗯了一声并点点头——

  登　我说，明子，对阿宪不要太认真啰。
  明子　什么意思？
  登　那家伙，瘦了吧唧的……你到底喜欢他什么？欸？你说呀。
  明子　不知道。
  登　不知道是不可能的吧。喂，到底喜欢他什么，他哪点儿好？欸？
  明子　别没完没了的。

东京暮色　355

登　其实我清楚着呢。你俩的事情我都知道。

松下　（一边继续玩牌）喂，明子，有个大婶知道你很多事情呢。

明子　谁啊？

松下　（目光转向纸牌场）啊，糟了，怎么这样啊。

明子　谁呀？

登　麻将店的大婶啰。

明子　哪里的？

登　五反田的。

明子　叫什么？

登　（问松下）哎，叫什么呢，那家。

松下　什么？

登　那家麻将店。

松下　不是"寿庄"吗？

明子　"寿庄"，我去都没去过呢。

登　可是，她打听过很多事情，关于你的。

明子　不认识，可能错把我当成谁了吧？

登　不过，她对你一清二楚呢。

明子　莫名其妙。（站起来）

富田　（啪地一拍）嘿，结束。

| 于是，这局松下输了。

富田　（算着分数）这把赢到家了。

这回登也加入，重新开始。

  明子　（起身）我走了，再见。
  富田　喂——没帮上忙，抱歉啊。
  明子　这个（门的钥匙）锁好了。
   登　喂，把香烟留下来呗。
  明子　（从大衣口袋中拿出外国香烟丢过去）再见。

然后明子走了。

22　走廊

明子正要回去，忽然又走向对面，拍打着房间的门。
 可是，没有应答声，门也不开，她只得回去了，脸上布满愁云。情景展示——
 相生庄的镜头。

23　当天　沼田家

书桌上摆放得乱七八糟——前来造访的周吉独自吸着烟。孝子的丈夫，沼田康雄（大学讲师、评论家，41岁）端着盛有威士忌酒杯的托盘走来。

  沼田　真对不起，家里什么都没有……（随后他从桌子旁边拿出一瓶三得利威士忌）请慢用。

周吉　噢……

沼田　（接着又拿起桌上的罐头）就着这个，怎么样……爸爸可能会嫌硬了。

周吉　没什么……

沼田　您很忙吧，工作方面……

周吉　没什么，也就那样吧。

沼田　我也是，做翻译的话还算轻松，不过谁都在搜集翻译资料呢……（说着，他取过旁边的书）像这本书，"丸善"书店也就四五天前刚刚到货，今天我去学校一看，已经有人在翻译了。敌不过人家呢，嘿嘿。

| 这种嘿嘿的讥笑方式是沼田一贯的风格。

周吉　其实我是为孝子的事情来的。

沼田　啊，是嘛。让您费心了，道子身体好吗？她是不是很吵？

周吉　没有，一点儿也不吵……

沼田　真不好意思，虽然老话都说隔辈亲，但能是这么回事儿吗？爸爸，您怎么看？我觉得不是那样的。

周吉　这个吧……

沼田　话说，那种事情也是可以理解的。不过，我认为那种喜爱并非出自本真。大致说来，爱这种情愫，怎么会隔代转移呢，在我看来是无法想象的。真要有这种事儿不如说是悲剧咯。千真万确，父母子女间的喜爱，试着想想，这可是最为原始的动物本能吧。

周吉　还是谈谈孝子的事情吧。

沼田　哦，是啊。

周吉　你说，怎么回事儿？

沼田　孝子，跟爸爸您说什么了？

周吉　并没有说什么具体的事情，不过……

沼田　是前天晚上吧，因为一点儿小事，她说要好好考虑一下，可是昨天我醒来一看，她已经不在家了。因为我熬了个通宵，起床比较晚，嘿嘿嘿……爸爸，再喝点儿。

| 说着话又要给周吉添威士忌。

周吉　啊，不喝了。

沼田　（一边品着威士忌）不过，日本的威士忌也改良了。（他吧嗒吧嗒嘴儿，忽然看向窗外）啊，下雪了，爸爸……我还以为今天是个好天儿呢。

24　庭前

| 透过玻璃窗望出去，雪花纷纷飘落。

25　杉山家　厨房

孝子在预备晚饭，正在切菜。传来开门声。

　　　　周吉　我回来了。

孝子迎出去。

26　玄关

归来的周吉，帽子和大衣上都落了一层雪。
孝子出来。

　　　　孝子　您回来了，路上不好走吧？
　　　　周吉　嗯，或许会有积雪呢，没想到会变天。

随后进入房间。

　　　　孝子　都淋得这么湿了。
　　　　周吉　嗯。

周吉进了起居间。

27　起居间

　　　　周吉　我刚才去见了沼田。
　　　　孝子　是吗？

周吉　道子呢?

孝子　刚让她睡下了,今天她没睡午觉呢。

周吉　哦,真冷啊。

|周吉把腿伸进暖炉里。

周吉　哎,这个沼田吧。

孝子　呀,差点忘了。

|说着她起身出去了。
周吉不解地望着她。

周吉　喂……来一下……

|他喊道。

28　厨房

|孝子进了厨房。

29　起居间

|周吉一个人,他拿出香烟——

30　厨房

|孝子看了看锅里煮的东西,然后重新返回起居间。

31 起居间

| 孝子到来。

> 孝子　爸爸，让您为难了吧？
> 周吉　为什么？
> 孝子　跟他那种人见面。
> 周吉　没有啊。
> 孝子　可是……
> 周吉　不过，他也变了，从前他可不是这样呢，是个很开朗的男人。刚才在电车中我想了很多，总觉得对不住你呢。
> 孝子　什么呀，没那回事儿。
> 周吉　哎，早知如此，也许佐藤会更适合你呢。
> 孝子　（回头看他）……
> 周吉　好像你也不讨厌他……
> 孝子　（笑着）别说了，爸爸，都过去了。
> 周吉　可是，我当初一个劲儿地劝说你。
> 孝子　（岔开话题）我去看看洗澡水（她站起来出去了）。

| 周吉盯着她的背影，随后拿起一旁道子的玩具摇了摇。
　玄关的开门声传来，周吉扭头看过去。
　明子回来了。

> 明子　我回来啦。

| 片刻明子进到屋里。

明子　我回来了。

说完就要去往二楼。

周吉　等等。
明子　怎么啦?
周吉　过来坐坐。
明子　有事儿?
周吉　你是不是跟你姑妈借过钱?
明子　嗯。
周吉　为什么不跟我说呢?
明子　……
周吉　借那么多钱做什么用?
明子　不用了,已经没事儿了。

说完就要走。

周吉　喂……你过来。

明子进了起居间。

周吉　你借钱做什么?
明子　一个朋友手头有些紧呢。
周吉　即便如此跟我说不行吗?
明子　可是事发突然啊。
周吉　什么事发突然?
明子　还不是因为没办法嘛,爸爸您又不在,我也不知道您去了哪里,行了吧。

说完她上二楼去了。
周吉闷头沉思着。
孝子走上前来。

> **孝子** 爸爸，请洗澡吧，盖子掀开了。
> **周吉** 好。
> **孝子** 阿明出什么事儿了？
> **周吉** 不知道，不省心的家伙啊。

说完他起身出去了。

32 走廊——浴室

周吉边脱着上衣边走进浴室，他摘下领带关上浴室的门。

33 两三天后 五反田的繁华地带

情景展示——
高架桥下方，悬挂着的"寿庄"招牌，"寿庄"两个大字下面标注着几个小字：由此往前。
黄昏时分，通往"寿庄"的小巷。

34 那家麻将店（"寿庄"）

插入镜头，"寿庄"招牌特写。

35 "寿庄"

松下与明子以及女伴前川泰子（惯称为雅子，25岁），还有一位看着像店老板的人物，他叫菅井（58岁），几个人围桌而坐。还有其他两帮客人。

  菅井 （边想边说）这张牌没打过，这张也没出，就它吧。

于是他打出一张。

  雅子 哈，就它，门清，断幺九，平和，9600分，这些我收走了哦。

于是去取堆好的筹码。

  明子 雅子，运气真好啊。
  松下 怎么还是你和了。
  菅井 （面露失望）一直输，今天运气不怎么样啊。

随后支付筹码，大家洗牌。

对面桌的男士 喂，老板，给我叫一碗汤面吧。

店主相岛荣（54岁）正在小房间的入口处看报。

  相岛 好的，一碗是吧，其他诸位还有没有需要的？

没有人搭腔，于是他站起来正要下楼，有客人进来——

相岛　呀，欢迎光临。

| 他迎上去。

川口　哦。

| 肩上挎着乐器盒的川口登走上来。相岛径直下楼走了。登来到菅井身后，立着观看。

登　这么好呢，真走运啊。

菅井　不行啊，从先前开始一个劲儿地输呢。

登　（问松下）进行到哪儿了？

松下　南二局[1]。

登　嗯……（看到菅井要出牌）呀，啊啊。

| 菅井缩回手回头看了看登。

雅子　阿登，不要多嘴多舌的，别吱声。

登　谁赢了？

明子　雅子呗，三家通吃啊。

登　啊，这个这个。

雅子　阿登！

| 这时菅井店铺的小伙计上来了。

---

[1] 南二局指日本麻将游戏的局数名称，分东南西北四场，每场四局。先从东场东一局开始。

小伙计　（对菅井）老板，兼松先生来了呢。

菅井　……（一心只顾着打麻将）……

小伙计　喂，老板。

菅井　我知道啦，（问松下）刚才打的什么？

松下　二饼。

菅井　是二饼啊。

小伙计　老板，兼松先生可是很着急呢。

菅井　……（埋头打麻将）……

麻将继续进行中。

小伙计　（过了一会儿）我回去了。

说完他就走了。

雅子　碰。

菅井　（看了看打出的牌）啊，那张出来了。（对登说）出这张吧。

登　嗯，不是这张吗？

菅井　说得对呀，好，就它。

明子　别吱声。

这时相岛的老婆喜久子（52岁）登上楼梯。

喜久子　（对客人说）欢迎光临。

菅井　哦，回来了。

登　喂，大婶，你打听的那个女孩就是她（明子）哟。

东京暮色　369

明子抬起头来。

  喜久子　（点点头）你好。
  松下　（催促）哎，该你了。

明子继续打麻将。
喜久子在小房间入口处坐下来，一个劲儿地打量明子。明子几个人继续打麻将。

  雅子　听牌。
  明子　又上听了，真快呀。

菅井打牌。

  雅子　和了，就是它，这次有点儿大哟，王牌一张，三色同顺，平和。
  松下　真是大呀，是五番吗？
  菅井　（非常颓丧）这样更不能回去了呀。

一脸失望地支付筹码。

  登　淡定淡定。（对明子说）喂，换我玩会儿。
  明子　还输一点儿呢。

随后她坐到一旁的椅子上。

  登　没关系的，小菜一碟，（换到明子的座位上，同时问她）哎，见到阿宪了？

明子　没有，他没来呢。

喜久子　明子小姐，来这边坐会儿，喂，过来吧。

明子　大婶，你怎么会知道我呢？

喜久子　你是不是在牛込区的东五轩町住过呢？

明子　嗯，在我很小的时候，不过我不记得了。

喜久子　那时我就住在你家隔壁。

明子　是吗？

喜久子　哎，府上诸位都好吧？

明子　嗯。

喜久子　你还有个姐姐吧？

明子　嗯。

喜久子　有小孩吗？

明子　有个女孩。

喜久子　是嘛，她几岁了？

明子　两岁。

喜久子　哦，那一定很可爱呢，你哥哥也还不错吧？

明子　他过世了。

喜久子　怎么回事儿？

明子　登山出了意外，在谷川岳。

喜久子　什么时候？

明子　二十六年[1]的夏天。

---

1. 指昭和26年，即1951年。

喜久子　这样啊。

| 相岛沿着楼梯上来。

相岛　（看着客人方向）热田先生，汤面马上送来。
对面桌的男人　噢！
另一位客人　老板，不好意思，能否帮我叫一份咖喱炒饭？要朋启轩的。
相岛　好的……（问喜久子）哎，相马君还没来吗？
喜久子　嗯，还没有。
雅子　碰。

| 相岛再次下楼了。

喜久子　（面带悦色）哎，上来喝杯茶吧……哎，上来坐会儿嘛。

| 于是明子进了小房间。

36　小房间

| 喜久子在长方形火盆前沏茶。明子坐在入口的地板框处。

喜久子　你家现在住哪里？
明子　在杂司之谷的里头。
喜久子　哦。（端上茶）那么，你参加工作了？

明子　没呢，我在学习英语速记。

喜久子　是吗？你经常出入这种地方吗？

明子　不，个别时候。

喜久子　哦，那还好啦。

| 传来搓麻将牌的声音。

登的声音　喂，已经清账了——

| 明子看向阿登——

37　店里

| 明子走过来。

明子　谁赢了？

登　这种事儿还用问嘛。（看着菅井）对不住啦。

菅井　又交了一笔学费，照这情形，怎么都不能回去啰。

| 他一边牢骚一边码牌。

雅子　（对明子）阿宪怎么还不来啊？

明子　唔。

38　小房间

| 凝神沉思的喜久子——

39　同天晚上　杂司之谷的小巷

| 夜已深,路上走着归来的明子。

40　杉山家　玄关

| 格子门开着。

  明子　(低声)我回来了。

41　起居间

| 孝子坐在小饭桌前修补袜子。

  孝子　你回来啦,关上大门吧。
| 不一会儿明子进屋。

  明子　我回来了。
  孝子　回来了,吃过饭了?
  明子　吃过了。
| 说着话,她拉开房间的隔扇,看了一眼又关上。

  明子　姐姐,你还不睡吗?

孝子　等你呢，这就睡。

| 明子去了二楼。

　孝子把暖炉的火埋起来，整理好房间，抱着饭煲关了电灯出去了。

42　厨房

| 孝子进来，关了电灯去往二楼。

43　二楼

| 明子脱掉大衣，坐在梳妆台前梳理头发。孝子进来。道子已经睡下。

孝子　爸爸很担心你呢。

明子　担心什么？

孝子　不是说过嘛，你回来得太晚……为什么要这么晚回来？

明子　速记很难呢……所以我时常会去朋友那里练习。而且我也跟爸爸讲过了嘛。

孝子　……不过还是尽量早点回家吧。让人担心呢。

| 说完她去照看道子。

明子 （依然面向梳妆台）哎，姐姐，我今天遇见了一位奇怪的大婶呢，她对咱家可是知根知底的……

孝子 谁啊？

明子 她说是很早以前，咱们还住在东五轩町时的邻居……

孝子 她做什么的？

明子 一个叫"寿庄"的麻将店的老板娘呢。

孝子 你竟然去那种地方？

明子 不是，有人约我在那里见面呢。那个大婶啊，对姐姐的事情也知道很多呢。

孝子 会是谁呢……

明子 她还知道哥哥哟。

孝子 （有点紧张）什么样的人？

明子 什么样的人呢……

孝子 多大年纪？

明子 她看着挺显年轻的，有多大年纪呢……蛮漂亮的哟。

孝子 是吗……那个人自己经营麻将店吗？

明子 不是，还有个大叔。

孝子 那个人是不是个子很高？

明子 也不是很高，长得有点儿滑稽，走路轻飘飘的。

孝子 哦。

| 孝子绷紧的弦松弛下来，低头看着一本书……明子依然在梳理头发。

> 明子　……姐姐，不知道怎么回事儿，我老觉得她是我们的妈妈呢。
>
> 孝子　为什么？
>
> 明子　不知道，只是没来由地……
>
> 孝子　不是妈妈呀。指不定是谁呢，没有那种可能。
>
> 明子　是啊……再说那时我才3岁呢……
>
> 孝子　就是呀。

| 明子依旧梳着头发。

44　晴朗的日子　私营铁路道口

| 情景展示——

45　铁路沿线的街道

| 路边有一家中华荞麦面馆——"珍珍轩"。
　明子走来。

46　"珍珍轩"店里

|店主下村义平（45岁）正在给平板草屐穿带子。
　大门开了，明子进来。

　　　　　义平　呀，欢迎光临……就您一位？
　　　　　明子　大叔，阿宪有没有来过这里？
　　　　　义平　木村先生？你这一说我想起来，最近有段日子
　　　　　　　　没见过他了。
　　　　　明子　是吗？他没来？
　　　　　义平　没来啊……（冲着里屋）喂，是哪天给木村先
　　　　　　　　生送的外卖呀，相生庄那位哦。
　义平妻子的声音　前天晚上啊。
　　　　　明子　哦……（想了想）那我改日再来吧。
|说完她就走了。义平妻子从里屋探出头来。

　　　义平妻子　是谁啊？
　　　　　义平　她呀，不就是常来的那位嘛，跟木村一起的。
　　　　　　　　走歪路了，那家伙。
　　　义平妻子　我说，蜂窝煤烧得太旺了。
|说完她缩回头去。

　　　　　义平　知道了……喂，把下面的门给关上吧……（又
　　　　　　　　咕哝着）请关上门哟。

| 大门口。
　明子往回走着。

47　同天　银座　教文馆大楼

48　那附近的巷弄

| 巷弄里有家酒吧"Gerbera"。
　一位女服务员走进去。
　植入酒吧招牌镜头。

49　"Gerbera"酒吧里

| 还没开始营业——门开了,一名女服务员前来上班。
　酒保富田身穿白色上衣在擦拭酒杯等。

　　女服务员　早上好!
　　　富田　哟,这么早啊。
　　女服务员　今天开始上早班哟。
| 说完她便进了里面的屋子。

　　女服务员B　早上好!

女服务员C　早上好!

富田在整理架子上的酒瓶。门又开了,明子走了进来。

    明子　你好……

    富田　(回头看)哟……什么事儿?

    明子　你知不知道他去哪里了?

    富田　怎么,你还没见着他吗?

    明子　嗯。

    富田　他今早还在呢。

    明子　哦……刚才我去看过了……

    富田　你干吗这么拼命地追他呢?出什么事儿了?

    明子　没呢,找他有点儿事情。

    富田　适可而止吧。你的白马王子看起来还乳臭未干呢。

    明子　你说什么?

    富田　没什么,说我自己呢。

    明子　给我一杯水吧。

    富田　要水么……

富田把水倒进杯子里递给她。
明子一口气喝光。

    明子　(放下杯子)再见……

    富田　怎么,这就走吗?这么没劲啊。

明子正要回去，门开了，身穿学生制服头戴制帽的木村宪二（20岁）进来了。

明子和宪二猛然打了个照面，两人一时呆立不动。

  富田 哇哦，明子，这可巧了。
  明子 （对宪二）我有话跟你说。
  宪二 （有点儿娘娘腔）什么事儿？
  明子 跟我走吧。
  宪二 我还有事儿呢。
  明子 很快就好。
  富田 喂，阿宪，快去吧。
  明子 走呀。

明子催促着，仿佛推着宪二一般地走了出去。

富田望着他俩的背影嗤笑一声。女服务员从里面出来。

  女服务员 对了，阿富，你昨晚去哪儿了，跟老板娘……
  富田 哪儿都没去哟。
  女服务员 我都看到咯……在数寄屋桥[1]那儿乘的车。
  富田 是嘛。我也看到了呢。你跟金先生坐同一辆车。
  女服务员 胡说八道。他那个人才没这个胆量呢。

大门口的招牌——"Gerbera"。

---

1. 1629年在江户城（现东京）护城河上架设的桥，也是那周遭的地名。

50　黄昏时分　滨离宫[1]

情景刻画——

51　附近的堤岸

明子与宪二，两个人沉思不语。

宪二　（非常怯懦的口吻）真是麻烦了，怎么会有这种事儿呢？

明子　（严厉）你说什么！

宪二　可是，会不会搞错了？

明子　你不会认为我在撒谎吧？

宪二　……

明子　我会拿这种事儿说谎！

宪二　我不是那个意思，不过，实在令人头痛啊。

明子　头痛的是我吧，我才更加头痛呢，你再好好想想吧，不要一副满不在乎的样子。

宪二　我并没有满不在乎呀，听闻这个消息后，我想了很多呢。

明子　可是，自那以后，你敢说不是在刻意逃避吗？

宪二　我没有逃避啊。

---

1. 位于东京，江户初期，由四代将军德川家纲的弟弟德川纲重建造。

明子　就是逃避，明摆着逃避嘛！

宪二　……

明子　你说，怎么办？

宪二　不过，当真是我的孩子吗？

明子变了脸色。

明子　（怒目而视）不是你的孩子那又会是谁的呀！你说，会是谁的！你连这事儿都疑神疑鬼的！

宪二　我并没有怀疑呀。

明子　那你说，怎么办才好呢？你打算怎么处理？我究竟该如何是好啊！

明子饮泣吞声。宪二手足无措，一筹莫展。

宪二　哎……哎……别哭了……我们俩再好好想想吧。

明子　（手蒙着脸哭泣）……

宪二　怎么办啊……（看了看手表说）……都这个时间了，可是，我六点半前必须赶去大塚先生那里，你去"星光"酒吧等着我吧，好不好啊？

明子　……

宪二　大约九点半之前我肯定到，就这样吧，好啦……那我回去了，一定在那儿等着我啊。

说完他便走了。

明子垂头丧气，良久，一动不动。

52 那条小巷

标注有英文"ETOILE"的招牌特写镜头。
这是深夜酒吧"星光"的招牌。

53 "星光(ETOILE)"酒吧

昏暗的灯光中,一位没赶上末班电车的中年工薪男士在喝着红茶。
另外的座席上,有一名杂志记者正打着呼噜酣睡。
一位独自吸烟的女人。
还有座席上坐着的一对年轻男女——

    男 你是怎么了?哎,你说句话呀,哎……

这时有个男子从门口进来。

  那个男人 (扫视一圈)喂!

对面座席上独自抽烟的女人,应着他的呼唤起身,放下费用,跟着他一起走了。
在角落的座位上枯坐半天的明子。
另外座位上的年轻男女——

    男 喂,你说什么?
    女 什么都没说。
    男 撒谎。

还是刚才的那对男女……那男的忽然往入口处瞅了瞅,然后冲女的使了个眼色。女的也快速瞄了一眼，于是两人一起起身……入口处立着一位男子（和田，42岁）。这对男女放下钱匆忙出去了。

和田目送他们离去，目光缓缓地扫视室内，他一边拾起那个睡着的男人的手套等物件，一边走向明子。

明子一直呆呆地坐着，察觉到动静，她抬起头来。

和田在明子对面缓缓落座。

  和田 已经很晚了啊。

明子疑惑地看了看，然后转过脸去。

  和田 你在这种地方做什么呢？

  明子 ……

  和田 是在等人吗？

  和田 在想什么呢？还是有什么担心的事情？

  明子 ……

  和田 是在等谁吗？

  明子 我在等谁，和你有关系吗！

  和田 说的也是，不过，你在这里待了很长时间了，家住哪儿……？

  明子 我住哪儿不行呢。（说着她站起来想走，和田站起来挡住她的去路。明子又坐下来。）

  和田 家在哪儿？

  明子 住哪儿跟你无关呢。

和田　这样可不好啊，住哪儿……

明子　你是谁呀！

和田默默地从里面的口袋里掏出警察手册亮给明子看，明子倒吸一口凉气瞪大眼睛看着。

和田　我时常在这附近见到你呢。

明子　……

和田　家在哪儿？

明子　……

隔壁席位上，打着呼噜酣睡的似乎是杂志记者的男人……

54　当天深夜　警察署内

已经是深夜一点半左右，有四五位身穿制服或便服的警官，在各自的办公桌前做着各自的工作，署内空荡荡的，一片寒意。和田独自坐在办公桌前记录着什么。在另一方向，身穿制服的警官一边做着记录，一边审讯一位中年男子。

警官　喂，快说！

中年人　……

警官　你常干这种事吧？

中年人　（茫然地抬头）没有。

警官　都一把年纪了，还偷女人的贴身裙干什么，你有老婆吗？

  中年人 没有。

|和田那边——

  和田 （停下书写，冲着一方说道）喂，你冷不冷啊？到这边来。

|明子坐在角落的长凳上，略微耷拉着脑袋。

  明子 （头也不抬）……

|和田继续书写。
|孝子从入口进来。
|然后对问讯处跟前的警察——

  孝子 打扰了，我是杉山明子的姐姐。
  警官 啊，辛苦你了。（转回头）和田先生，人来啦。
  和田 （看过去）哦，请进，从那边走。
  孝子 好的。

|孝子从那边的小门进入室内。

  和田 啊，抱歉让您跑来一趟，是姐姐吧。
  孝子 是的。
  和田 （看看文件）是孝子小姐吧。您先请坐。

|孝子点点头坐了下来。

  孝子 我父亲有事儿不方便过来。

东京暮色

和田　是嘛，被吓到了吧？

孝子　是的。

和田　其实倒没有牵扯什么罪案，只不过现在的年轻人，往往因为一些无聊的事情误入歧途，所以府上也要多加注意才是。

孝子　是。

和田　不管有什么事情，一个年轻女孩深夜独自待在酒吧，都不值得鼓励啊。

孝子　实在对不起。

和田　（冲着另一方向）喂。

|于是孝子一下看过去，看到了那边的明子。

和田　喂，你到这边来。

|明子动也不动。

和田　脾气很倔啊。

|孝子冲和田点点头去了明子身边。
和田始终注视着她们。

孝子　出什么事情了，阿明？

|孝子盯着她问，然后在她身边坐下。
看到这里，和田又继续书写文件。

55　当天夜半　杂司之谷的小路

孝子与明子步履沉重地回家。走着走着明子突然站住。

  孝子　（回头看她）怎么了？

  明子　（垂着头）……

  孝子　这是怎么了呀？

  明子　……我不想回去……

  孝子　没事儿的，爸爸不知道呢……哎，走吧。

明子垂头丧气地跟在后面。

56　玄关

大门口。

孝子打开玄关门，催促着明子进去。

孝子关上格子门并上了锁。

这会儿明子已经进了房间并准备直接上二楼。

这时——

  周吉的声音　站住！

明子一下子定在那里。

  周吉的声音　过来。

明子跟刚进来的孝子面面相觑，不由地绷紧了神经。

57 起居间

在睡衣外面披了一件宽袖和服棉袍,周吉偎着暖炉,目不转睛地盯着玄关方向。

拉门静静地开了,孝子探身进来。

  孝子 爸爸,还没睡呢。

  周吉 嗯,进来,明子,还有你。

孝子为明子捏着一把汗,她一个人进来。

  孝子 爸爸,你看都这么晚了。

  周吉 (不痛快的样子对孝子说)少啰唆,进来……给我过来,明子。

孝子与明子,进了房间坐下。

  周吉 你刚才去哪儿了?

  孝子 ……

  周吉 你刚出去没多久,就有电话打过来了,我寻思是沼田,却没想到是警察打来的,为什么不跟我说呢?

  孝子 ……

  周吉 为什么要瞒着我?

  孝子 ……

  周吉 明子,因为什么被警察传唤?

明子 ……

周吉 你坐下。

| 明子抬起眼睛看看周吉然后坐在那里。

孝子 哎，爸爸，都这么晚了，明天再说吧。

周吉 明子，怎么回事儿……为什么被叫去那种地方……你做什么了，喂，为什么不说话，究竟为什么传唤我们？

明子 ……

周吉 按理说我们这种家庭不该有人被警察传唤的。

孝子 （求情的口吻）那个，爸爸，阿明她呀……

周吉 你闭嘴，一边待着，明子你说，怎么回事儿？

明子 ……

孝子 好啦，又不是多么严重的事情，阿明只不过是在酒吧等个朋友罢了。

周吉 （问孝子）都那么晚了，有什么要紧的事儿非要等朋友呢？（然后问明子）因为什么事情等在那里？

明子 ……

周吉 说不出口了？你这个样子，还是我的闺女吗！

孝子 爸爸，快别说了，爸爸，真太晚了，快睡觉吧，明天再说……阿明，你还不快点儿去二楼，走！

周吉　回来！

孝子　爸爸，算了吧。

明子默默地去了楼上。
盯着她背影的两个人。

周吉　麻烦的家伙呀。（发牢骚般地）怎么变成这样了，麻烦大了。

孝子　（嘟囔着）阿明也是太孤单了，肯定是……我说爸爸，对她要有点儿耐心，阿明还很小的时候，妈妈就丢下她走了，因此她才会觉得孤单呢。

周吉　但是，一直以来爸爸并没有让她感到孤单啊。

孝子　可话说回来，妈妈终究不在身边。

一时间，两人都不再说话。

周吉　（感慨颇深地）在那孩子的成长过程中，爸爸对她一直宠爱有加呢，甚至有时我都担心，你会不会觉得我偏心呢，谁会想到竟是这样的结果啊，或许是爸爸错了，哎，这养儿育女的，委实不容易啊。

孝子　（不由得悲从中来）爸爸，您该休息了。

周吉　（没精打采地）唉——（他站起身）你呢，沼田有没有给你捎什么信儿？

孝子　（突然低下头去）没呢。

周吉　是吗……去休息吧。

孝子　晚安。

周吉进到里面的房间关闭了隔扇。

孝子脱下外套，陷入沉思。

58　二楼

明子大衣都没脱,直接坐在褥子上,面带忧戚,凝神思考。过了不久,孝子上楼来。

  孝子　怎么还没歇下呢?
  明子　哎。
  孝子　赶紧睡吧。
  明子　哎,姐姐……
  孝子　……?
  明子　我是不是很多余啊……
  孝子　(注视着她)……你怎么会说这种话呢?
  明子　……因为妈妈是那种女人啊……

孝子猛然看向她。

  明子　……我要是没出生就好了……

孝子目不转睛地盯着她。

59　昏暗的走廊

只有里面的房间,映着台灯的光亮。

60　楼下房间

| 周吉睡不着，一口一口地吸着烟，大睁着眼睛想着心事。

61　早晨　山毛榉行道树的梢头

| 沐浴着明媚的阳光。

62　杂司之谷　杉山家门前

| 停着一辆国产的家用轿车，竹内重子下车对司机交代着——

　　　　重子　拿着这个。
| 她把围巾递过去然后走进去。

63　杉山家　玄关前

| 重子走了进去。

64　杉山家　玄关

| 重子走了进来。

  重子 你好，哥哥在家吗？

说话的工夫，她大大咧咧地进到屋里来了。
孝子迎上来。

  孝子 呀，是姑姑，欢迎。
  重子 你回来了，你好，你爸爸在家吗？
  孝子 在呢。
  重子 那太好了。

随后她去往客间。

65　客间 起居间

套廊上，周吉领着道子在玩耍。
重子与孝子过来。

  重子 哥哥好，我赶着来的，就担心你不在家呢。
  周吉 哦，今天中午过去就行，你来有事儿？
  孝子 （在起居间铺上坐垫）姑姑，请这边坐。
  重子 忙你的吧，别管我了。

说着话她过来坐下。
孝子去往厨房方向。
周吉走过来。

  重子 小道子,好乖呀，真是个好孩子呢,看，这是什么

（笑着）。哥哥，前几天跟你说的话，记得吧。

周吉　你说什么了？

重子　（喊道）孝子，孝子，过来一下呗。（对周吉）哥哥，过来呀。

周吉　唔，什么事儿？

重子　今天阿明不在家？

周吉　去学校了。

重子　哦，那正好。

| 孝子端着茶过来。

重子　沼田好吧？

孝子　（垂着头）嗯。

重子　哦，那就好。是这样，哥哥，前几天跟你提过的。（说着话，她打开手提包，忽然拿出个小盒子递给孝子）对了，这个给你，你用用看吧，美容霜，我们公司的新品，即将发售。

孝子　多谢。

重子　（这次拿出照片）哥哥，你看看，这人怎么样？

周吉　这是做什么？

重子　给阿明介绍的呀。（递过去）条件都不错呢……啊，对了，你记得不，因为脑溢血去世的那个名声很响的民主党议员，这个长脸的，就是他的次子呀。

周吉　（将照片递给孝子，同时说）脸可真够长的啊。

孝子　（看了一眼不由得苦笑道）还真是。

重子　啊，我觉得另一位不错呢，是我公司的客户，堀留的大批发商，那个人也是家中次子。立教大学毕业，现在在店里帮忙，偶尔也会到我公司来，人很帅哦，（用手比画着鼻子两侧）这块儿长得很像锦之助[1]呢。

周吉　你看怎样？

孝子接过来看着。

重子　（突然想起什么重大事情一般）对了，哥哥，真是不可思议，我突然就遇见她了呢。

周吉　（无动于衷）谁呀。

重子　是前天吧，我去大丸百货，正坐着自动电梯去二楼呢。乍一看，那人的背影真像她呀。好奇怪啊，我正心思着，再看可不就是她嘛。

周吉　到底谁呀？

重子　喜久子呗。

孝子　（吃了一惊）妈妈！

重子　嗯。（转向周吉）说是前年年底回来的。

---

[1] 指中村锦之助（Kinnosuke Nakamura，1932—1997），出生于日本京都府京都市中京区，本名小川锦一，日本歌舞伎、电影演员。

孝子　（不由得）呀，果然是她。

重子　你早就知道了？

孝子　不是。

重子　（对周吉）是这样，喜久子跟一个男人在一起，看上去很匆忙，我也没理会这些，强拉着她一起去了饭店，这个那个的我问了她很多呢。她好像过得很辛苦呢。

周吉　……

孝子安静地站起身准备离开，这时——

重子　孝子，你也听听吧。

孝子　……（重新坐下来）

重子　听她说，山崎因为跟人私通，在拘留期间死掉了，那时，喜久子是在哪儿来，不是腰越[1]，布拉戈……想起来了，是布拉戈维申斯克哟，她在那里听闻此事，然后被人带去了纳霍德卡。现在，她好像是在五反田经营麻将馆呢。我问她是一个人吗，她有点儿吞吞吐吐的，不过我总觉得跟他在一起的那个男的像她的新男人，她说是在纳霍德卡认识的。

孝子　姑姑。

---

1. 日本地名，发音近似下文提到的布拉戈。

重子　怎么了？

孝子　那人长什么样呢？

重子　乱蓬蓬的一张脸，看样子有点儿轻浮。（又转向周吉）真是巧呀，但凡在自动扶梯错过一星半点儿，就见不到了啊，不可思议哦。

孝子猛地起身去了厨房。

重子　（突然想起什么她取过照片）我说哥哥，这个怎么办？你觉得怎么样？

66　厨房

孝子一动不动，怔怔地沉思着。

67　"寿庄"麻将店的招牌

高架桥。

电线杆上悬挂着"寿庄"的招牌。

孝子抬头看了看那个招牌，随后步入小巷。

推开写着"寿庄"字样的玻璃门，孝子进入店内，并登上二楼。

68　店内

|大概有三桌客人。
孝子上来了。
喜久子正坐在小房间的入口处织东西。

　　喜久子　（打个招呼迎接她）欢迎光临。
|然后继续织东西。
孝子目光扫过店里的客人，确认明子不在，于是她走近喜久子。

　　孝子　（镇定的声音）是妈妈吧?
|喜久子一下子抬起头来。

　　孝子　我是孝子。
　　喜久子　（无比震惊的样子）啊呀，阿孝。
|两个人对视良久，喜久子猛然醒悟过来，兴奋地招呼着。

　　喜久子　呀，快请进，来，屋里坐吧。
|于是她进了小房间，收拾整理一通，而后拿出坐垫。孝子看着喜久子忙活，默然而立。

　　喜久子　来吧，请进。
|孝子默默地进入房间，在靠门口处坐了下来。
喜久子兴冲冲地准备着茶水。

喜久子　来，坐这个吧，过来哟，来吧。

孝子　不必了。

喜久子　哎，怎么了，来，过来坐吧。

| 孝子低着头进入客间坐到坐垫上。

喜久子　你能来我太开心了，听说你也做妈妈了，是个女孩。

孝子　嗯。

喜久子　很可爱吧，你丈夫怎么样？他做什么的？（递过茶去）来，喝茶。

孝子　妈妈，我来是有件事情拜托您。

喜久子　什么事儿呀，但说无妨。

孝子　请不要告诉阿明您是她的妈妈。

喜久子　（意外的样子）……?

孝子　妈妈的事情，阿明什么都不记得了。照片也烧掉了，她也不知道您长什么样儿。事到如今，更不想让她知道您是妈妈。

喜久子　为什么，为什么不可以呢?

孝子　爸爸太可怜了，我不想那样。

喜久子　……（垂下头）……

孝子　（目不转睛地看着面前的喜久子）那么，拜托您了，我走了。

| 孝子站起来头也不回地走了。

69　店内

孝子横穿过店堂，步下楼梯。
与上楼来的相岛擦肩而过。

   相岛　啊，欢迎再来。

一边打着招呼一边走向小房间。

70　小房间

喜久子一动不动，呆呆地坐着。
相岛进来。

   相岛　她是谁？刚离开的那位。
  喜久子　（抬起头来）回来了。
   相岛　长得蛮漂亮的，对吧？她是谁呀？
  喜久子　前几天跟松下一起来的那个女孩的姐姐。是来找她的。
   相岛　喔，是个美人啊。（随后他进入房间，边脱大衣边说话）哎，听相马君的意思，事情比较急呢，他就像亲人一样关心咱们呀，我想去了，即使是室兰，跟佳木斯比起来条件也好多了，

　　　　"满洲"[1]的冬天真够冷的啊。（他在喜久子对面坐下）我说，你怎么想的，不愿去吗？

喜久子　……

相岛　工作也比较好呢，安排在销售部工作。

喜久子　你觉得好那就去吧。

相岛　你不想去吗？我自己的话，那就算了吧，这么冷的天在室兰那种地方，一个人觉都没法睡呢，我说，去吧，要去一起去。

喜久子　……

| 店内。
　在打麻将的一伙人。

71　某偏僻地带的街角

| 一位似乎是去购物的主妇经过那里。
　街角上立着一块木牌，上书笠原产科/妇科医院。

---

1. 指伪满洲国（1932年3月1日—1945年8月18日），包括现今中国辽宁、吉林和黑龙江三省全境（不含"关东州"，即旅顺和大连），以及内蒙古东部、河北省承德市。

72　笠原医院的玄关

| 入口门上写有"笠原医院"几个字。里面的长凳上坐着三位候诊的女患者。

73　诊疗室

| 诊疗完毕的女患者拉上裙子的拉链。女医生笠原（58岁）在病历上做着记录。

   笠原　回去卧床静养，不要勉强自己。再次出血的话可就麻烦了。

   女　是，诊金多少？

   笠原　这次是200日元。

   女　（从小钱包内拿出钱支付）多谢。

   笠原　请多保重……

| 随后她送女患者出来，两人一起去往玄关方向。
护士在里面忙碌着。

74　玄关

| 笠原从门口探出身子。

笠原　嗨，下一位是——？

候诊的女患者中站起一人，正是明子。

笠原冲她招招手。

75　诊疗室

明子进来。

笠原　请……之前来过吧？怎么称呼您呢……

明子　杉山。

笠原　（查看病例）杉山小姐啊……哪儿不舒服吗？

明子　……

笠原　怎么回事儿呢？

明子　那个……还是拿掉……

笠原　哦，是吗？这样比较好，因为你身体看起来很虚弱。（递过体温计）给。

随后查看脉搏。

笠原　你在哪里上班？新宿？涩谷？经常会有像你这样的女孩子来我们诊所呢。虽然偶尔也会有大户人家的漂亮小姐悄悄地过来，不过要是没有充分的理由，概不接收……

明子　请问……

笠原　怎么了？

明子　要住院吗？

笠原　不用，麻醉消除后休息两三个小时就行。然后回家静养……好了，体温计给我……（拿到手里）不发烧……今天做吗？

明子　嗯……拜托您了。

笠原　哦……费用要三千日元，带了？

明子　嗯。

笠原　是吗……那就好，有很多人在做完手术后，发现钱没带够，之后再也不露面了呢。你没问题的。

明子　嗯。

随后她打开手提包。

笠原　不必了不必了，完事后再付款吧。可以了，这边来吧。（她站起来）请。

随后她领着明子进入帘子后面。明子脱掉大衣，步履沉重地跟着。

笠原拉上帘子。

76　杉山家　套廊

接近黄昏时分，纸拉门上映着微弱的阳光，道子一个人在玩耍。

77　起居间

| 孝子坐在一旁缝补衣物。

   孝子　小道子真聪明哎。
| 玄关开门声。

   孝子　哪一位……（起身往玄关走）呀，是你。
   明子　（有气无力的声音）我回来了。
| 然后她进入屋内。

   孝子　回来了。
| 明子没精打采的模样……

   孝子　（反复端量她）怎么搞的，脸色这么差呢。
   明子　有点儿头痛。
   孝子　莫不是感冒了？
   明子　嗯。
| 说着她便要上二楼，却一个趔趄坐到了地上。

   孝子　（看到）怎么了，这么反常，我去给你铺开被
     褥吧，你稍等会儿。
| 她去了二楼。
　明子痴痴地望着在廊子上玩耍的道子。
　道子摇摇晃晃地向明子走来。

明子 （不堪忍受）不要！

便用手蒙住了脸。

78 二楼

孝子铺着被褥。这时，明子抱着大衣有气无力地上来了。

孝子 你没事儿吧？
明子 嗯。
孝子 那换衣服吧。

孝子拿来西式女睡袍交给她。

明子 没事儿的，姐姐……我没什么大碍呢，别担心……
孝子 可是……
明子 躺会儿就好了。

说着，她脱下外衣，裹上西式睡袍，坐到铺盖上，脱掉长筒袜，便要躺下。
孝子收拾换下的衣物，继而又返回明子身边，帮她拽拽被角。

孝子 要不要吃点药？
明子 不，不需要。

随后她躺下闭上眼睛。

孝子 （帮她盖好被子，用手探探明子的额头）不发烧的。

明子 （依然闭着眼睛）……

孝子 冷不冷？

明子 不。

孝子 ——今天早晨，你刚出门重子姑姑就来了呢。

明子 （睁开眼睛）——？

孝子 还是那样急三火四的，我琢磨着她这么早来会有什么事儿，原来是为了你的婚事呢，还带来两张男人的照片。——怪好笑的呢，其中一位脸型那么长，另一位嘛，姑姑似乎很中意他呢……

明子 （打断孝子的话）我根本不想嫁人。

孝子 ——？

明子 （小声咕哝着）我不嫁人……

孝子 为什么？

明子 ——就是不想嫁嘛……

孝子 ——是嘛……（好像自嘲似的脸上浮现一丝苦笑）落到我这般田地也挺没劲的……不过阿明，幸福的夫妻多得是呢，我这样的只是个例外。你还这么年轻，一切才刚刚开始，今后不知会多么幸福呢。可不能因为我就害怕婚姻了。你的人生才刚刚开始呢。日后踏上社会，不知会多幸福……

  明子 姐姐——

  孝子 什么事儿？

  明子 让我安静地睡会儿——

  孝子 哦，困了？那你还是睡会儿吧。不冷吧？有事叫我——（她起身）灯就不开了吧。

说完她下楼去了。

泪水慢慢溢出明子的眼角，她呜咽起来——

79 两三天后 银行（总店）

银行内部。

情景展示——

80 二楼走廊

前来上班的周吉进入监事办公室。

81 监事办公室内

周吉挂着衣帽。

传来敲门声。

  周吉 进来。

女勤杂工B端着茶水进来。

  周吉 行长来了吗？
 勤杂工B 是的，刚才，但马造船的经理先生来了。
  周吉 是吗？那可能要谈半天，这样吧，我去老地方（比画着打弹子球的动作），他们结束后通知我吧。
 勤杂工B 好的。

说完出去了。

82 走廊

女勤杂工B出来后返回休息处。

83 休息处

 勤杂工B 呵呵，还真上瘾呢，杉山监事。
 勤杂工A 什么？
 勤杂工B 弹子球。
 勤杂工A 人家可是盯着行长的位置呢，好像之前就有过传闻。他脾气还不错吧？
 勤杂工B 是啊，也只有他吧，身为监事还每天查阅工作报告呢。

84　弹子球店

周吉正玩着。
店内客人还不多。

  周吉 喂，喂，钢珠不出来了，70号。
  店员 好的，马上就好——

随着哗啷哗啷声，钢珠出来了。周吉继续玩着。随后周吉的朋友关口积（董事级别的绅士，56岁）到来。

  关口 （对周吉……）嘿，真会找地方呀。
  周吉 嚄，是你呀。
  关口 我刚去过银行了，说你在这儿——
  周吉 （继续弹着）有事儿？——（冲着店员方向）喂，又不出来啰。
  店员 知道了。
  关口 是这样，长谷部回来了，这事儿你知道吧?
  周吉 嗯，报纸上看过。
  关口 那家伙，这次好像在那边吃足了苦头，所以大家计划举办一场久违了的同窗会，兼做对老师的慰问。怎么样，能参加吧？
  周吉 哦，应该可以吧。
  关口 我要去大阪出差四五天，你既然参加，所以通知大家等事项，你来负责好了。

周吉　什么嘛。

关口　呀，就拜托你了，我这边忙叨叨的。

周吉　是嘛，那只能勉为其难啰——喂，你不玩吗？我有钢珠哦。

随后他将自己的钢珠递过去。于是，关口也玩起来，但总弹不进去。

关口　很难弄啊。

周吉　跟打高尔夫那样可不行哦，关键是指尖调节。

关口　原来如此啊。

周吉　同窗会，办的话地点选哪里？

关口　哪儿都行吧。别选太贵的地方，因为人数众多啊。

周吉　说的是啊。

关口　对了——就在两三天前吧，你家阿明去过我家。说是借钱用——你可听阿明提起过？

周吉　呃，这个……

关口　我老婆自己在家呢，好像也没问原因就借给她了，不过，她要钱做什么呢？

周吉　啊，是我忘了，这就还给你。

关口　没事儿就好啊。

周吉　呀，好像是她的朋友遇上麻烦事儿，突然急需钱。五千日元对吧？

关口　哦——算了算了，先存你那里，待同学会后再说吧。

周吉　——那天我正好外出了呢……总之,给太太添麻烦了。

然后,他怀揣着心事与关口一同玩着弹子球。

85 同天 下午 "寿庄"

相岛坐在达摩火炉[1]旁,在看周刊杂志或其他书报。
午后的阳光照射在对面的窗边,那里有一帮客人围桌而坐。
另外一边,今天还是由松下、富田、登、雅子这四人围成的一桌。
菅井店铺的小店员上来了。

小店员　我们家老板没来吗?

相　岛　今天就没打过照面。

小店员　他会去哪儿呢。

富　田　喂,你家老板不见了?

小店员　可不是。

小店员回去了。

富　田　(对相岛说)这位老板玩上瘾了呀。

相　岛　前天晚上打到两点呢,运气不错赢了,真是罕见啊。

富　田　那还真是罕见,竟然有那种事儿。

登　　　相当不务正业啊。

松　下　人家可是慈善家哟,他每次来总有好事儿送上门呢。

雅　子　还真是。

---

1. 一种圆形简单构造的煤炉。

东京暮色　423

登　我这件衣服（拽着衬衫），也算是那位先生给我买的啊。当真是位好好先生呀，他不会是日本红十字会的特别会员吧？啊，自摸了，每人一千二百八十分。

富田　每人一千二百八十。

然后算账配牌。

明子来到。

明子　大家好。

富田　来了。

明子　（对伙伴们）阿宪没跟你们一起吗？

松下　一起出来的，不过那家伙去新宿了。

明子　大约几点？

富田　我说，不要到处追他呀，前几天，你们不是刚见过面吗？

登　哎，明子，脸色很不好呀，出什么事儿了？

雅子　阿登，快点儿。

登　好嘞。

于是阿登打出一张生牌，大家跟上。

明子坐到旁边的椅子上。

相岛　呀，欢迎光临，你姐姐长得真漂亮啊。

明子　（意外的神情）你是说我姐姐吗？

相岛　是啊。

明子　大叔怎么会认识我姐姐呢?

相岛　她几天前来过。

明子　来这里?

相岛　嗯,来找你的。

明子　哪天?

相岛　这个嘛,具体哪天呢,四五天前吧。

明子　是吗?

| 随后她好像突然想起什么,转身走了。

登　喂,这就走了吗?

明子　再见。

| 明子刚下楼——

富田　又怎么了,那家伙,坐立不安的。

雅子　阿宪为什么要躲着她呢?

登　这说来话长啦,事情非一般哟。

雅子　怎么回事儿……

登　这事儿全赖富田,(以下说话腔调使用所谓的"小西腔"[1])其实呀,他是个大坏蛋哩。

---

1. 小西得郎(Tokuro Konishi, 1896—1977)是昭和时期的职业棒球教练、棒球解说员。在广播和电视实况转播中,以独特的解说方式而闻名,"小西腔"由此而来。

富田　别开玩笑，与我有什么干系，还不是他们自己任性妄为搞出来的。

松下　好像不是这样噢。

富田　什么嘛，不要阴阳怪气的。

登　假装不知情，其实手段高明着呢。

富田　瞎说什么。

登　话说从前在某个短期大学，有两个天真无邪到令人憎恨的程度的男女学生，无论是青春风采，还是姿容举止，怎么说都是无可挑剔的俊男靓女啊。不过那个青年的公寓里还住着一个恶棍呢，他便怂恿那位男青年……总之这两位啊，真是的，怎么说呢，没费吹灰之力就给撮合到一块啦。

雅子　富田，真的吗？

富田哭笑不得。相岛也饶有兴致地听着。

登　是的是的，确实如此，是不是出人意料，骇人听闻啊。

富田　喂，你有完没完啊！

登　不过话说回来，碰，那位姑娘也是的，大学毕业后去学习英文速记，对了，有句话不是叫作"近墨者黑"嘛，从那时开始她便误入歧途，

    跟坏蛋交朋友。现在,在"幸运7"[1],还不是稀松平常嘛,女人追着男人跑,有好戏看喽,用英语说的话也可以叫作"large ponpon"[2]吧,这往后肚子可不是要砰砰地鼓出来嘛。

雅子 阿登,当真?

相岛 真是这样吗?

 登 具体也不是很清楚啦,总之呢,眼前的光景不就够有趣的嘛。

相岛 倒也是啊,那位姑娘当真出人意料啊。

 登 是的是的,其实呀,我也颇感意外呢,简直是惊世骇俗啊。

松下 喂,刚才出啥了?

雅子 皮包[3],西风哦。

松下 哦,西风啊。

 登 碰。

富田 吓我一跳。

| 麻将继续——

---

1. "7"被看作幸运数字,原本是以英语圈为中心的西方思想,后来输入到日本并普及开,这里指西方。
2. 日式英语,指女人怀孕大肚子。
3. 因为"西"的字形像提包,所以日本麻将术语中"皮包"指"西风"。

86　同日傍晚　杂司之谷的小路

│明子神情冷漠，脚步略显匆忙地赶回家。

87　杉山家　玄关

│明子进来，却连一声"我回来了"的招呼都不打。

孝子的声音　哪一位？

│明子不搭腔直接进屋然后去了起居间。

　　　孝子　哦，是你呀。
　　　明子　（冷冷地）我有话问你，姐姐，到二楼吧。
　　　孝子　什么事儿，搞得这么严肃。

│明子不吱声登上楼梯去往二楼。
　一旁的暖炉边，道子香甜地睡着。
　孝子跟随着明子去往二楼。

88　二楼

│孝子穿过走廊上到二楼。
　明子脱着大衣。孝子进来。

　　　孝子　什么事儿？

明子 姐姐，你去五反田的麻将店干什么？

孝子不由地吸了一口凉气，低下头去。

明子 你有什么事情……去干什么？说呀，你去干什么？
孝子 因为……
明子 为什么要瞒着我去呢？
孝子 可是如果跟你说了……
明子 那你是怎么知道那家店的？听谁说的？
孝子 因为重子姑姑……
明子 （意外的表情）姑姑怎么会知道那里？说呀，怎么知道的？

孝子不知该如何回答，她转过脸去坐了下来。

明子 哎，跟我说清楚。哎，快点儿说呀！
孝子 姑姑碰见她了。
明子 谁啊？
孝子 妈妈呢。
明子 （屏住呼吸）——是吗……那个人果然是妈妈啊。为什么姐姐你不早些告诉我呢？为什么骗我说不是呢？
孝子 ——我怎么也没料到妈妈真回东京了呢。即使回国她也不会来东京，我是这么认为的。
明子 为什么她不能来呢？……哎，怎么回事儿呀？……哎，姐姐，别敷衍我，请跟我说实话。妈妈为什么要跟父亲分手呢？哎，为什么呀？

孝子 （静静地讲起来）那时，爸爸调去了京城[1]的分社工作……咱家那会儿还住在东五轩町……爸爸不在家的时候，他有个叫山崎的部下常来我们家，给予我们很多关照呢。那个人个子高高的，人又风趣，你和我都非常喜欢他呢——虽说我那时还是个小孩子懵懂无知，却也觉得那不是什么好事情。

明子 那么，妈妈跟那个人……

孝子 （微微颔首）不过阿明，这种话可不要当着爸爸的面儿说呀。我至今还清楚记得——有次爸爸刚从京城回来不久，就带着我们去动物园玩。那天天气非常好。你高兴坏了，摇摇晃晃地一会儿跑去这里一会儿又去那里，傍晚回家途中，你便在电车中睡着了，被爸爸背了回来。可是回来一看，咱们家大门紧闭，从那以后，妈妈消失得无影无踪——不过，阿明，这些话绝对不能当着爸爸的面儿说哦。因为时至今日，爸爸都还在努力地让自己忘掉那件事情呢……

明子 （突然郑重其事地）哎，姐姐——

---

1. 指韩国首尔，日本统治时代称呼为京城。

孝子　欸？

明子　你说我会不会不是爸爸的孩子？

孝子　你瞎说什么——怎么说出这种话？

明子　肯定是这样——因为我只像妈妈，哪有一点儿地方像爸爸啊，我的身体里只流淌着妈妈肮脏的血液。

孝子　不是那样！胡说八道！为什么要这么想呢？

明子　一定是这样！我不是爸爸的孩子！

孝子　阿明！

楼下传来开门声——
两个人竖起耳朵听。

周吉的声音　我回来了——

孝子　是爸爸哟。

明子　我这就去问爸爸！

孝子　阿明！

明子　姐姐你不会明白的！（说着她就要起身去问）

孝子　阿明！（拦着她）

明子甩开孝子快步下楼。

89　玄关

周吉正在挂帽子。

明子急匆匆地下来。后面跟着孝子。

  明子 爸爸。
  周吉 （转过头来）怎么了？
  明子 你说，爸爸，我究竟……
  孝子 阿明！

明子与周吉正脸对视。

  周吉 怎么了？

明子说不出话，逃一般地跑回二楼。

  周吉 （望着她的背影问孝子）发生什么事了？
  孝子 ……

90 二楼

明子抱着大衣、围巾、手提包等，莽莽撞撞地奔下楼去。

91 玄关

明子下来，几乎是趿拉着鞋跑了出去。

92　当天夜里　五反田　"寿庄"所在的巷弄

| 唱片声、噪音与行人。
　"寿庄"的招牌。

93 "寿庄"

│那位菅井先生在读晚报。

  菅井 "卖淫防止法"实施，本该如此啊。

│四下里，客人围桌而坐，酣战不休。
 明子顺着楼梯上来。
 明子也不打招呼，径直朝着坐在小房间入口处的相岛走去。
 相岛正在记事本上用铅笔记录着什么。

  明子 大婶不在？

  相岛 啊，欢迎光临，喂，喜久子。

│喜久子从小房间的最里头走出来。

  喜久子 （开心地）呀，来了，就你自己吗？

  明子 哎，大婶，我有事情想问问大婶。

  喜久子 什么事儿呀？

  明子 请跟我走吧。

│说完她率先离开。
 喜久子跟着她出来。

  菅井 怎么，要出去？

  喜久子 嗯，有点儿事情。

│于是跟着明子下楼了。

94 "寿庄"门口

| 明子等着她。喜久子出来。

  喜久子 怎么了,什么事儿?
  明子 我想和大姊两个人单独谈谈。
  喜久子 哦,是吗?那去哪里好呢?对了,跟我来吧。
| 于是她率先走着。

95 杂烩店"御多福"门前

| 喜久子领着明子过来。

96 "御多福"店内

| 有客人三四位。喜久子进来。

  老板 呀,欢迎光临。
  喜久子 老板,借房间一用。
  老板 请,请——乱七八糟的呢。
| 喜久子回头用眼神示意明子,两人一起往里走去。

97 里面的住所(脏兮兮的房间)

老板快步进入房间,收拾清理一通。
喜久子与明子等在一边,看着他收拾。

  喜久子 别忙活了,老板,就这样吧——
  老板 凑合着吧,实在是没人帮忙啊——(将褥子等搬到别的房间)那先这样——有事请叫我。

说完他离去了。
喜久子上来,拿出坐垫。露出下面的花纸牌,她慌忙给藏到坐垫下。

  喜久子 请坐……虽说这里有点儿脏……

明子进到房间坐下。

  喜久子 什么事儿,尽管说吧——
  明子 大婶,我究竟是谁的孩子?
  喜久子 (不由得屏住呼吸)为什么这么问——
  明子 大婶,你是我妈妈吧?
  喜久子 ——这是听谁说的?是谁告诉你这件事的?
  明子 姐姐呀。
  喜久子 (意外的样子)哦,怎么是阿孝?
  明子 哎,妈妈,我到底是谁的孩子?你说,是谁的孩子啊?

喜久子　（有些颓丧）——对不起，阿明，妈妈并没有忘记你和阿孝呢。不管我人在哪里，心里始终惦记着你们。就连一雄，我也一直认为他活得好好的，直到前几日听你说了他的事情……

明子　（想要阻止她）这些话——

喜久子　不，是真的。真的，我始终记挂着你们。事到如今，无论妈妈再怎样道歉或许都得不到你们的谅解，不过……

明子　（打断她）这种事情怎样都无所谓了。我想要问妈妈的并不是这个！我说妈妈，我究竟是谁的孩子呀？

喜久子　谁的孩子，你难道不是我的孩子吗？

明子　骗人！我当真是爸爸的孩子吗？

喜久子　——若不是爸爸的孩子，那又会是谁的孩子？你连这种事情都要怀疑我吗？你就这么信不过妈妈？……你是爸爸的孩子，无论当着谁的面儿，这件事情妈妈会说得理直气壮。阿明，唯独此事不可以怀疑妈妈，知道吧，就这一点儿要坚信不疑，记住了。

|明子的眼里噙着泪水，忍不住抽泣起来。

喜久子　你明白吗？你会懂的吧？谢谢……

|明子哭泣不止。

喜久子 （一边安慰着她同时问道）——哎，阿明，我听店里的客人说过一些风言风语，不过，你可是身体哪里不舒服？

明子 ……

喜久子 哎，说你好像怀孕了……

明子 （猛然抬起头来盯着她）——？

喜久子 是那样吗？真的吗？

明子 （瞪她一眼）我不会生孩子的！这辈子都不会生孩子！

喜久子 为什么？

明子 即使生下来，我也绝不会像妈妈这样不负责任地扔下孩子离家出走！我会尽我所能地疼爱他！尽我所能疼爱她！

| 丢下这句话她便站了起来。

喜久子 （不由地拦住她）阿明！

明子 我恨你，妈妈！

| 劈头砸下这句话，她便径直跑了出去。
喜久子即使想追也追不上，她颓丧不堪地瘫坐当场，木然良久。

98 当天晚上 西银座"Gerbera"所在的巷弄

| 热热闹闹的门前景象——

99 "Gerbera" 店内

店内弥漫着香烟的烟雾,灯光略显昏暗,似乎是打高尔夫归来的三四位客人,围桌而坐正在闲聊。

客人A (一边看着高尔夫比赛成绩)这里不行呀,总觉得六号是鬼门关啊。

客人B 哪里,哦,飞行转折的地方吗?

客人C 那个地方我也弱得很。今天我得了几分?

说着便去看比赛成绩。

客人A 你多少分?

客人B 四分。

客人C 不怎么样啊。

柜台边,一位头戴贝雷帽的醉醺醺的客人缠着酒保富田不放。

贝雷帽 喂,她去哪儿了,说呀。

富田 不知道哦。

贝雷帽 别骗我了。喂,告诉我吧。

富田 我确实不知道呢。

贝雷帽 撒谎,你不对劲儿。

富田笑笑,一边擦拭着柜台,一边往角落方向走去。

贝雷帽 回来,不要躲着我。

> 在那边的角落里,已经喝醉的明子面前放着威士忌酒杯,她疲惫不堪地垂着脑袋。这时富田来到跟前。

  富田 (压低声音)哎,何必总这么想不开啊。该放下了。那种家伙——还是找个更靠得住的吧。人多得是呢,那家伙哪里好了?喂!

  明子 (抬起头来,眼中含泪)够了——我走啦。

> 随后她放下皱皱巴巴的纸币转身离去。

  贝雷帽 (盯着她的背影)我说,刚才的女孩是谁呀,蛮漂亮呢。

  富田 那位嘛,可是个放荡女呢。

  贝雷帽 放荡女,岂不更好嘛,是不是啊。女人嘛,稍微放荡一些才有味道哟。

  富田 是嘛。

  贝雷帽 别装蒜了。(举起杯子)喂,给倒杯酒吧。

> 说着他递过杯子。

  富田 好的。

> 他走到酒柜边取酒。

100 当晚 中华荞麦面馆"珍珍轩"门前小路

> 铁路与公路平交路口的镜头——

寒冷肃杀的深夜,对面望过去是铁路与公路的交叉路口。

明子来到这里。

101 "珍珍轩"店内

义平孤零零的一个人,他叉开腿挎着火盆看晚报。

大门口的玻璃拉门开了,明子闪身进来。

她残酒未醒。

  义平 啊,欢迎光临。

  明子 给我拿酒——

  义平 好的——这天越发地冷了。就要下雪了吧。

他这般嘀咕着进了厨房。明子忍着酒意,凝神思索。

102 厨房

义平向店内张望着。

  义平 对了,听说木村先生要换公寓,找好地方了?他昨晚来过了,跟我说明天去蒲田方向找找看呢,怎么样,找着了吗?

103 店内

│明子不回答,她动也不动,面色凝重地想着心事。
　义平端着酒(玻璃杯盛着)和下酒的小菜出来。

   义平 嗨,让您久等了——
│将酒菜放到桌上,他便回到火盆前坐下来。

   义平 毕竟最近公寓很抢手,据说哪儿哪儿都满员,所以不容易找呢,新建的公寓租金又很贵,费了不少劲儿吧。
│明子喝干了杯中酒。

   明子 大叔,再来一杯——
   义平 没事儿吧,姑娘——已经喝不少了吧?
   明子 没事儿。
   义平 没事儿就好啊。
│说完他又返回厨房。明子继续想着心事。大门开了,宪二走进来。猛然看到明子,他吃惊地愣在当场。
　明子也在看到宪二的瞬间表情僵硬起来。

   宪二 (故作轻松状)哎呀,你竟然在这里呢?
│随后他便在明子对面坐下来。

   宪二 我还一个劲儿地找你呢。可总见不到你人影

　　　　　呢……

　　明子　（依然注视着他）……
　　宪二　这种事情又没有谁可以商量的。一想到你天天提心吊胆的，我晚上都睡不着觉呢。真的呀，你瞧我是不是都瘦了？

| 冷不丁地，明子冲着宪二的脸甩去几巴掌。

　　宪二　你干什么！可不要胡来！
| 明子又抽了他一记耳光，然后踉踉跄跄地冲出门去。
　　义平出来。

　　义平　吓了我一跳，这怎么了？酒都洒出来了。
| 说着他放下杯子。

　　义平　（将敞开的玻璃门关上）现在的女孩子心气高呀。木村先生要加把劲儿了，否则会被打败呢。
| 突然间，森严的电车警笛声连续不断地鸣响起来。

　　义平　啊呀，出什么事儿了吧，我去看看啊！
| 说着他匆匆地奔出去，在大门口——

义平的画外音　喂——出什么事儿了？
| 飞奔的脚步声。
　　——一动不动呆呆发愣的宪二……

东京暮色　443

104 大门外

| 铁路与公路的平交路口处围聚着许多人。

105 当天半夜 城区医院

| 街上早已夜深人静,唯有医院的二楼灯火通明。

106　走廊

107　病房内（和式房间）

| 明子躺在那里，义平陪护在侧。护士在查看体温计。

    义平　还发着高烧吧？
    护士　跟刚才一样——万没想到大叔也会牵扯进来呢。
    义平　没办法呀，谁让她是我店里的客人呢。
| 护士出去了。
 义平一直守护着明子。

    义平　唉，这人还真是薄情寡义啊，都不陪着过来……
| 敲门声——

    义平　请进。
| 在护士的带领下，周吉和孝子进来。

    护士　请吧。
    周吉　好。
| 周吉与孝子上前几步来到明子枕边。

周吉　哎呀……（盯着明子）这是怎么了，明子——

孝子也紧张地看着。

周吉　（对义平）承蒙照顾，非常感谢……
义平　哎哟，可真危险啊，我都吓坏了呢。冷不防地电车警报嘟嘟地叫起来，我吓了一跳赶忙跑出去一看，竟然是这孩子呀。刚从我家出去呢。说起来，那个道口呀，原本就经常出事儿呢，报纸上也刊登过，说那里是"鬼门关的道口"呢。最近一直平安无事的，原本还觉得不错呢，结果就出事儿了，也是没办法呀——当时那个平交道口值班的老大爷刚好去小便，电车就来了，正撒尿呢，老大爷慌忙放下栏杆，可是已经来不及了。眼看着大错酿成。当时这孩子就被撞飞了——真可怜啊，老大爷完全吓蒙了，现在他被警察带走了。对了，刚才巡警一直在这里呢，他说要回一趟警察署，如果你们来了请等他一会儿——不管怎样……这么大的事故，好在身体没有大碍……
周吉　啊，感谢您多方关照……
义平　哪有啊。那么……我该回去了……
周吉　好的，您这么忙，还陪到这么晚……
义平　哪里，没什么……

孝子　爸爸，人家的姓名……

周吉　是啊……

义平　哦，我就在前面不远的中华荞麦面馆，我叫下村义平，不过大家都"吉平""吉平"地称呼我，正确的发音是"义平"呀。

周吉　是嘛。多谢您热心帮忙……改日正式登门……

义平　不不，这种小事不足挂齿……这就告辞了——（对孝子）告辞了。

孝子　谢谢您。

| 义平点点头转身走出去，下了楼梯。

108　楼下（玄关）

| 义平到了楼下。窗口对面的药房里，护士正百无聊赖地打着呵欠。

义平　（对那个护士）这么晚辛苦了——那我回去了。晚安。（说完正要走又折返回来）刚才在二楼吧，人家问起我的情况，我竟然忘记告诉人家店名是"珍珍轩"了，请帮我转告一下吧，"珍珍轩"——拜托喽。

109　二楼的房间

不无担心地守护着明子的周吉与孝子。
明子微微动了一下,睁开眼睛。

　　周吉　哎,明子。
　　孝子　阿明。

明子定定地看着两个人。

　　周吉　感觉怎么样,嗯?
　　孝子　怎么了,阿明?
　　明子　唉,不想死,我不想死的,唉。
　　周吉　不会的,放心吧,不会有事儿的。
　　孝子　阿明,振作起来!
　　明子　唔——姐姐,唉——我不想死。
　　孝子　没事儿呢,不会死呢,放心吧。
　　明子　唔——爸爸。
　　周吉　什么事儿,在呢,什么事儿?
　　明子　我想重新开始。从头再来,我要从头开始再活一次,唉哟。
　　周吉　明子,明子。
　　明子　我不想死。
　　周吉　别瞎说,你不会死的,没事儿,没事儿呢。

110 楼下

| 时钟滴答滴答地走着——

111 药房

| 昏昏欲睡打着哈欠的护士。

112 时钟

| 时间静静地流逝着。

113 五反田 "寿庄"所在的巷弄

| "寿庄"的看板。
对面的大马路上,一辆出租车停了下来。
穿着丧服的孝子从车上下来。
她对司机说了句什么,便向"寿庄"走去。
"寿庄"门前。
孝子打开玻璃门进去。

114 "寿庄"

孝子进来,上二楼。
店里大约有三桌客人,喜久子在看书。
孝子来到。
喜久子神色诧异地望着她。

  孝子 (冷冷地)妈妈。
  喜久子 啊,你来了。
  孝子 阿明死了。
  喜久子 (吃了一惊)啊,什么时候?为什么?阿明为什么会死呢?
  孝子 都是因为妈妈呢。

说完孝子便转身离去。

  喜久子 (茫然若失,回过神来)阿孝,阿孝——

她喊着孝子的名字追了几步,然后呆呆地立在那里。

打麻将的客人 (咕哝着)阿孝,阿孝,阿孝,嗨,碰。

喜久子沉浸在悲痛中,她步履沉沉地下了楼梯。

115 那里的房子

喜久子出来后,向着"御多福"杂烩店的方向走去——

116 "御多福"店内

没有客人,老板正往杂烩锅里下料。喜久子进来。

  老板 啊,欢迎。

喜久子默默地在柜台前坐了下来。

  喜久子 给我烫壶酒吧。

  老板 好的。

烫酒的时间,喜久子一声不吭,心事重重。

  老板 (一边烫着酒)——百乐满的老板去过夫人那里了吧,是为了消防栓的事情。他说那边胡同里的瘪进去一些,想安装到他那里呢,任性过头了,太自私了吧。若菜小姐说,那样的话就不能出钱——(端出酒壶)给,让你久等了——会不会有点儿温啊。

随后老板退回里屋。
喜久子默默地倒酒。喝酒。
大门开了,相岛走进来。

  相岛 (问喜久子)喂,出什么事儿了?店都不管。(并排坐下)喂。

  喜久子 ……

  相岛 怎么啦?

喜久子　——哎，相马先生的提议，怎样了？

相岛　能怎样，就那样放着呗。

喜久子　我已经厌倦东京了。

相岛　为什么？

喜久子　（不说话喝掉杯中的酒）……

相岛　要是你能去的话，就再好不过了，你会去吗？

喜久子　嗯……

相岛　是嘛，那太难得了……

|喜久子不说话，给他杯子。

相岛　哦，（接过杯子）事不宜迟，我抓紧联系相马君。——我这个麻将店的老板，净被人支使着去买汤面啦、咖喱饭啦，烦透了呀。来，喝一杯吧。

|他还回杯子。喜久子默默地接过来。

相岛　那什么，冷点儿也没什么大不了的。不管去哪儿，只要咱俩在一起就温暖啊。（喜久子还回杯子）嗯，是吧，你跟我一起去呀……真太好了……

|喜久子转过脸去，偷偷地抹着眼角。

117　数日后　杂司之谷

| 榉树的梢头探向冬日的天空。

118　附近的小巷

| 喜久子手持花束,一边寻着杉山家一边走来。
　寻到杉山家后走了进去。

119　杉山家　玄关

| 喜久子进来。

　　喜久子　有人在吗?
| 喜久子忽然看见脚边遗落着道子的玩具,于是拾了起来。

　　喜久子　有人在吗?
| 喜久子的心情不由地开朗起来。

　　孝子　来了。
| 孝子从厨房的方向走出来。
　两个人默默地对视着,然后孝子静静地坐了下来。

　　喜久子　刚才的电话,多谢了……

孝子　……

喜久子　今晚我就坐九点半的火车去北海道了,离开前我想给阿明献束花儿。

孝子　……

喜久子　不行吗?

孝子　……

喜久子　给,拿着。

| 她将花递给孝子。孝子默默地接过来。

喜久子　也许以后再也见不到了,要多保重啊。

孝子　……

喜久子　那我走了,再见。

孝子　……

| 喜久子依依不舍地走了。孝子默默地看着她离去。

120　大门口

| 喜久子无精打采地回去了。

121　玄关

| 一直呆立不动的孝子突然决堤般地痛哭起来。

122　当晚　上野车站发车告示器

21:30出发　青森方向

123　同一站台

12号线的插入镜头。
列车进站。
能听见站务员的播报声以及其他声响——

124　三等车厢内

相岛将行李放到行李架上。
然后跟喜久子并排坐下。

　　　　相岛　幸亏来得早呢，才有这么好的座位，这边离厕所也近呢。

喜久子心不在焉地点点头，她站起来打开车窗，眺望着检票口方向。

125　站台

头探出窗外向检票口方向频频张望的喜久子。
前方靠近火车头的那节车厢旁，一群学生在合唱着校歌。

126　车内

　　　　相岛　不会来啦,哎,别惦记了。
随后他拿出袖珍威士忌倒上一杯喝着。
　始终眺望着检票口方向的喜久子。

127　窗外

校歌合唱还在继续。
　喜久子依然在守望。

128　车厢内

喜久子好像死心了,她缩回身子。

　　　　相岛　人家不会来的,喂,喝一杯吧?
喜久子接过来,同时再次向外张望。

　　　　相岛　喂,你瞧,洒出来了。
喜久子一口气喝掉,再次扭头看向窗外。

　　　　相岛　别惦记了,你不冷吗?人家不会来的,拿着。
他把威士忌瓶子递给喜久子,随后站起来将窗户关上。
　天阴着像要下雨了。

129　窗外

|依旧传来校歌的合唱声。

130　车内

|相岛在倒酒。

   相岛　喂，怎么样，再喝一杯？
  喜久子　不要了。
   相岛　接下来，咱们要这样一直坐到明天过午呢，屁
      股都会坐痛了，哎，带条毛毯来就好啦。
  喜久子　（心不在焉）是啊。
|她擦了擦窗玻璃，又透过玻璃窗张望着站台。
 12号站台。

131　当晚　杉山家　厨房

|孝子坐在椅子上怔怔地想着心事。
 过了一会儿她站起来去了里面。

132　起居间

|周吉坐在暖炉前心不在焉地看着报纸。

道子躺在一边睡着了。

孝子进来默默地收拾连环画等物件。

  周吉 你不去送送她吗？

孝子闻声看过来，与周吉的目光相遇。

  周吉 时间还来得及呢。

孝子低着头不吭声。

  周吉 不必顾虑爸爸，没关系的。

说着话，他拿过晚报戴上老花镜，将目光转到报纸上。

  孝子 哎，爸爸。

  周吉 嗯？

  孝子 （垂着眼皮，静静地）我想回去了。

  周吉 去哪儿？

  孝子 我不想让这孩子将来也有明子一样的心思。说到底，对孩子而言，还是需要父母双方的关爱。不管父亲多么疼爱明子，她还是觉得孤单……还是渴望母爱。

  周吉 唔，或许是吧，爸爸自以为非常关心她，但说到底还是跟妈妈有所不同啊，也许有些事情可以跟妈妈说，换作是爸爸，就很难开口了。

  孝子 ……

周吉　那你回去后，能跟沼田顺利地过下去吗？

孝子　我想维持下去。即使过得不顺心，也必须坚持下去。再说道子渐渐长大了。

周吉　是啊，那就回去吧。

孝子　嗯，这次我一定加倍努力，尽量不让爸爸为我操心。

周吉　那就好。

孝子　（微微一笑）我也有过任性的时候。

周吉　（微笑）那谁都会有的，总之，试试吧，应该没有做不到的事。

孝子　嗯，我试试看。不过，爸爸，我去了那边，您以后怎么办呢？

周吉　那不是事儿。

孝子　阿明又不在了。

周吉　唉，总会有办法的，再把富泽叫回来吧。

孝子　……

周吉　就这样吧。

说完他站起来进入客厅。

133　客厅

周吉进来，打开电灯，坐在壁龛的灵牌前。
周吉口诵佛经。

134　起居间

| 孝子凝神思考。

135　两三天后　杂司之谷的行道树

| 树梢探向冬日的天空，朝阳洒下微弱的光芒。

136　杉山家　走廊

| 空荡荡的没有人——

137　起居间

| 周吉在做上班的准备，他打好领带，穿上西装背心。
临时女佣富泽从厨房出来，拿着熨烫好的手帕。

富泽　先生，今晚回来吗？
周吉　啊，我尽可能早点回来。
富泽　那准备什么晚饭？
周吉　这个嘛，就煮点儿米饭吧，或许赶不上呢。
富泽　……
周吉　到点儿你就回去，我也有钥匙呢。

富泽 ……

随后她去了玄关立刻又折返回来。

富泽 请问，穿哪双鞋子？
周吉 请备好那双黑色的。

富泽点点头退下。
于是周吉一个人做着各种准备，忽然看过去，只见西装衣柜上面还放着道子的玩具，忘记带走了。周吉取过来摇晃几下发出声响。
而后周吉将其放到书桌上，拿着公文包、手帕向外走去。

138　走廊

空荡荡的没有人——

139　榉树梢头

半阴半晴的冬日天空投射下苍白的阳光——

140　那里的小路

内心凄清的周吉今天又踏上了上班之路。
他缓缓地向对面走去。

—— 终 ——

译后记

遗憾方为人生[1]

一

小津安二郎（1903年12月12日—1963年12月12日）是日本著名电影导演、剧作家。他一生共执导影片54部，多部优秀作品享誉世界影坛。2012年，由英国权威电影杂志《视与听》举办、知名导演与影评人评选出"影史十大影片"，小津安二郎的代表作《东京物语》位列其首。其本人获得的主要荣誉有：1952年第2届日本电影蓝丝带奖最佳导演奖；1958年

---

[1]. 文中几处小津安二郎的讲述，除了标明出处的，其余皆引自井上和男编定的《小津安二郎全集》。

紫绶褒章；1958年日本艺术祭文部大臣奖；1959年日本艺术院奖；1961年第8届亚太电影节最佳导演奖。1962年，小津安二郎入选日本艺术院会员。

小津安二郎开创了含蓄隽永、余味悠长的电影风格，被世人赞誉为"小津调"。随着小津安二郎在电影史上声誉日隆，剖析其电影美学和风格的著述卷帙浩繁。而一部优秀的电影作品，离不开好的剧本，也可以说"小津调"的电影，是建立在"小津调"的剧本之上的。

小津安二郎的54部电影作品，绝大多数的剧本是由他本人执笔或是与他人共同创作的。在与他人合著的剧本中，有27部是小津和著名剧作家野田高梧联袂打造的。尤其是从1949年的《晚春》至1962年的《秋刀鱼之味》，这13年间，小津安二郎导演的全部电影的剧本都出自这两位大师之手。《晚春》《麦秋》《茶泡饭之味》《东京物语》《早春》《东京暮色》《彼岸花》《早安》《浮草》《秋日和》《小早川家之秋》《秋刀鱼之味》，这12部作品无论是影片还是剧本都堪称经典。

二

◎ 不变的嫁女主题

12部经典作品中，《晚春》《麦秋》《彼岸花》《秋日和》《秋刀鱼之味》都属于嫁女系列。不仅主题类似，就连出场人物的名字也多有重复。譬如《晚春》《麦秋》《东京物语》中的纪子，《晚春》《东京暮色》《东京物语》《彼岸花》《秋日和》中的周吉等。

接近一半的嫁女名篇，翻来覆去熟悉的名字，难怪人们说起小津电影，印象总是不变的嫁女主题。也有人说小津总在重复自己。小津自己则有过这番表述："动辄会有人说：'偶尔也创作部不同风格的作品呀！'但我会告诉他：'我就是个豆腐匠，做豆腐的人去做咖喱饭或炸猪排，怎么会好吃呢？'"（《报知新闻》1955年3月27日刊登）

因为是个豆腐匠，所以就只做豆腐；因为有想表达的东西，所以不厌其烦地一次次出发。我想这叫作坚持。

即使小津的作品有着某种程度的重复，但认真读下去，便会发现，其实每一部作品都在试图表达一些新的东西。

暮春时节，草长莺飞。《晚春》的故事徐徐拉开帷幕。

没有大的波澜起伏，庸常的生活碎片构成了《晚春》，一切都在平平淡淡中行进，如同每一天的日升月落，其间，你会邂逅一些美好，一些感动。

故事缓缓推进。纪子与服部，原本青梅竹马的两个人，走着走着就远了，熟悉的过去变得虚幻。当服部自己坐在音乐厅，身边是空荡荡的座位时，那一句"你切的咸萝卜都还连着不断呢"，听来格外令人唏嘘。

故事继续推进。时光如水，夜以继日地冲刷，洗白了岁月，冲散了亲人。纪子嫁人，纵千般不舍，到头来父女终要分别。最后的团聚时光,父亲的絮叨令人印象格外深刻。然而再多的絮叨都留不住时光的脚步。"一定要幸福"成为父亲对出嫁女儿唯一的祝福。

春天再晚都会来,春天再长也会去。

《晚春》说,一定要幸福。

《麦秋》最后定格在大和乡下:一望无垠的麦田,麦子已经熟透,金黄的麦浪随风起舞。

成熟的麦子被收割后,离开土地,这是麦子的秋天。纪子离开父母,远嫁去了秋田;父母则离开生活了16年的东京,回到大和老家守住生命的秋冬。

所以麦秋,是高潮也是结局。故事最后,特别能感受到题目《麦秋》的意义与分量。

自然与人生并无二致。成熟意味着分别,每一次分别时都期待着下一次的相聚。然而,对于日渐老去的父母,还会有多少次相聚?在平凡的日子里寻味快乐与幸福,又在寻常的快乐与幸福中品味着淡淡感伤,在感伤中触摸活着的意义,最终抵达生命的通透。

与《晚春》中对爱情迷茫的纪子不同,《麦秋》中的纪子颇有主见。她放弃了身价颇高的单身汉,选择丧偶有女、生活困窘的谦吉,很多人为之唏嘘;而纪子笃定,她说:"我并不太信任一个年满四十还优哉游哉独自生活的男人呢。有小孩的男人反而更值得托付呢。"纪子是淡定而通透的。

故事最后,老夫妇眺望熟透了的麦田,想着远嫁的女儿,想着一家人曾经热闹幸福的生活。父亲周吉说人的欲望是无穷的,母亲志希说我们毕竟幸福地生活过呢。老人是知足而通透的。

故事琐碎平淡,但绝不庸俗,充满烟火气息,淡出生活的真味。整个故事是温馨的,有着大半个世纪前的缓慢节奏,在当前浮躁快速的社会洪流中,依然有着治愈人心的力量。

《麦秋》说,成熟的生命是金色的通透。

《彼岸花》与《秋刀鱼之味》,两部作品的题目有着异曲同工之妙。前者故事中没有彼岸花,后者故事中不见秋刀鱼。然而读罢掩卷长思,彼岸花分外妖娆,秋刀鱼余味悠长。

彼岸花是一种什么花?

在日本,每年秋分时节,彼岸花群开于田埂与堤坝上,火红一片。其花形娇艳,色彩也绚烂,但有花无叶,有叶无花。

传说中,彼岸花开一千年,落一千年,花叶永不相见。情不为因果,缘注定生死。

所以,这样的彼岸花被赋予了悲情色彩——无尽的爱、悲伤的回忆、死亡的前兆和地狱的召唤。

多像人世间的父母与子女,子女最绚烂的日子,便是父母凋零的开始。一朝零落,不复相见。

《彼岸花》说,生命轮回不休,彼岸花开绚烂。

秋冬是什么况味?于日本人而言,秋冬是秋刀鱼的味道。

秋刀鱼是秋冬季节的时鲜,从每年八九月份到次年三月,在日本列岛依次巡游,它们的出现,意味着秋冬的到来。所以，秋刀鱼的名字便蕴含着萧瑟凛冽之味。无论你喜不喜欢，秋冬总归要来。如同故事中的平山周平，终有一天要嫁掉女儿，独自迎来生命的寒冬。

品味秋刀鱼是怎样一种体验？日本人总是取最新鲜的秋刀鱼，撒上盐烤着吃，鲜美咸香中夹杂着丝丝苦腥，味道未臻完美，却总是余味无穷。如同人生，没有圆满，但同样令人沉醉。

即便普通如秋刀鱼，一旦错过这个季节，便再难寻觅——如同不加珍惜悄然逝去的芳华与爱情；如同故事里的路子与三浦，一旦错过，便成永远。

平凡普通，余味无穷，这是秋刀鱼；由生至死，盛极而衰，这是人生。有容易错过的秋刀鱼，没有重复走过的人生。

《秋刀鱼之味》说，且走且珍惜。

关于《秋日和》，小津安二郎有这样一番讲述："这世间，原本很简单的事情，若大家一哄而上往往就搞复杂了。即使看着复杂，但人生的本质或许意外地简单。"

故事中，田口、间宫、平山一哄而上，为已故同窗好友三轮的遗孀秋子、女儿绫子的婚事操碎了心，却好心办坏事，造成母女嫌隙。故事中，三个中老年男人的对话幽默风趣，很多场景令人忍俊不禁。故事的基调确如片名《秋日和》，秋阳明媚，秋风送爽。当然，这风吹着吹着便带来萧瑟与凉意，这是嫁别爱女的秋子内心的寂寥，也是蕴含在幽默轻松中的淡淡感伤。

《秋日和》说，天凉好个秋。

关于自己的作品，小津还说过："摒弃所有的戏剧性，不让人哭，却展现出悲伤；不刻画戏剧性的冲突，而让人们领略人生滋味……"

其实，不唯《秋日和》，这种冷静克制的讲述风格，贯穿小津安二郎的作品始终。

◎ 家庭的悲欢离合

社会变革，家庭聚散，是再正常不过的社会现象。然而，落到每家每户，落到个人身上，便是承载着悲欢离合的人生故事。

何谓经典？随着时间的流逝，不仅不褪色，反而愈加清晰感人的作品方可称为经典。1953年的作品，依然感动着今天的我们。由此看来，《东京物语》堪称经典之经典。

一对乡下的老夫妻，在邻居艳羡的目光中，开启了充满自豪与希冀的探亲之旅——去大都市看望事业有成的子女。长子医学博士毕业，在东京经营一家诊所；大女儿开美容店；小儿子在大阪铁路部门工作。

然而，希望中的美好，总是遭遇现实的摧毁。养家糊口、忙碌工作的不得已，总能战胜陪伴父母的孝心。有意无意间，儿女们带给父母一个又一个遗憾。而儿女被生活的巨浪裹挟向前，浑然不觉身后父母的失落，最终迎来"子欲养而亲不待"的千古憾事。

二儿媳纪子的体贴，是二老探亲之旅最温情的记忆。然而，次子昌二已经去世八年，即便纪子还想留在过去，生活也会裹挟着她一路向前。她说"遗忘他的日子越来越多了"。人生最大的矛盾其实是你还想停留在过去，岁月早已向前。

儿女长大成人，拥有了自己的生活；父母逐渐老去，走向寂寞。父母以为孩子们在大城市过着光鲜的生活，却不晓得他们每前进一步都是拼尽全力。孩子们纵然知道白发人去日无多，却像鸵鸟一般将头埋进沙子，妄想着岁月静好。

通篇故事没有强烈的批判，没有非此即彼的对立，更多的是家长里短，更多的是无可奈何。唯其如此，更动人心。

父母子女意味着什么？但听汽笛长鸣，火车直奔远方。

生命的意义何在？且看大海宽广，时而宁静时而澎湃。

品味至此，你会不会产生终极的孤独？也许，遗憾方为人生。

《东京暮色》继续展现小津作品的精髓——直面衰老与死亡。

冬日的天空，下雪的黄昏，榉树的梢头，苍白的阳光……这一切都在提示着一个华美落尽、尽显生命底色的阴冷故事正在上演。

妻子喜久子抛弃子女、家庭，与人私奔，遭背叛打击的周吉含辛茹苦养大三个儿女，却又不得不承受儿女各自遭遇不幸的打击。

——儿子正年轻，登山出了意外，从此阴阳两隔。

——大女儿孝子夫妻不睦，不声不响跑回娘家。最后虽然回到丈夫身边，但丈夫的神经质，注定了孝子余生的艰难。

——从小缺失母爱的明子误入歧途,生活放纵,未婚先孕,男朋友宪二避而不见。失意的明子借酒浇愁,却在穿越道口时被电车撞飞,生命终止于花季。

聂鲁达有句诗:当华美的叶片落尽,生命的脉络才历历可见。读《东京暮色》,你会想到余华的《活着》。

1961年上映的《小早川家之秋》,围绕着洒脱不羁的大老板小早川万兵卫,上演了一场悲欢离合的家族故事。

大资本的冲击,给酿酒世家小早川家笼罩上淡淡的阴影。而一家之长的万兵卫我行我素的个性,给家族带来诸多不安定因素。他固然关心小女儿的婚事、孀居儿媳的幸福、家族的生意,但不羁的性格让他更留恋外面的花花世界。一次邂逅,令其和失散多年的老情人旧情复燃。

故事围绕万兵卫两次心肌梗死昏倒展开。第一次很快好转,尽管家人提心吊胆,本人却满不在乎,甚至丢下和他玩捉迷藏的孙子,溜出门去偷会老情人,活脱脱一个老顽童。第二次发病,昏倒在老情人家中,幸运不再,一命呜呼。

曲终人散,小女儿远嫁,大家庭解体,家族企业也走向被大资本兼并的命运。

《东京物语》《东京暮色》《小早川家之秋》,一脉相承的"小津调",于平淡中娓娓道来。当然,惊艳会有的,就在回首的刹那。

1959年,小津安二郎荣获日本艺术院奖。"因为获得了艺术院奖就推出一本正经的电影,若被人这么说也怪讨厌的……"，据说正是基于上述心态，两位大师一反常态，创作出了轻松幽默的喜剧片《早安》，该片于1959年上映。

主人公是小实、小勇两个孩子。小津对孩童角色的处理自有定评。及至《早安》，孩子的形象更是深入人心。通篇故事下来，小津式幽默贯穿始终，人物形象饱满生动，串联起生动的故事情节。八卦是非，似乎是邻里关系的主题。而大人与孩子之间的冲突，借助放屁游戏的善意讽刺，让《早安》故事于欢快诙谐中多了一些理性的思考。

◎ 关乎婚姻爱情

《早春》是小津作品中篇幅最长的一部。故事围绕着一群年轻的上班族展开。上班之余，他们偶尔郊游聚餐、开心唱歌、斗嘴磨牙，这些轻快的插曲呼应着早春的明媚。公司间的派系争斗给上班族带来生存压力，这是早春的料峭。在派系争斗中负重前行的男主杉山，被电车伙伴金子千代诱惑出轨，导致老婆离家出走。

剧本安排了多处巧妙的对比：

悲情的三浦在病床上的一番感慨最令人动容。乡下出来的孩子终于在心仪的大公司谋得职位，无比热爱工作，却一病不起，只能每天躺在家里想象同事们按部就班的每一天。讽刺的是，三浦爱而不得的正是被同事们深恶痛绝的。

昔日战友眼中的杉山，有体面的工作、漂亮的妻子，按部就班走下去，最后或能升任董事，成为人生赢家。而杉山本人的感受则完全不同：孩子早夭，妻子唠叨，薪水过低，赏识自己的公司前辈被外调，现任部长打压异己，顶着千分之一的升迁机会，无异于顶着千斤压力。

还有急流勇退的河合，对比顶着压力一路爬到公司中层的老朋友小野寺。

急流勇退者毕竟微乎其微，绝大多数人还是背负着生活的重压一路前行。所以，大师将更多的笔墨给了年轻的主人公杉山，通过杉山的视角，讲述婚姻生活和职场生活的真实——爱不起来，也恨不起来，只能被生活裹挟着一步步向前。

而在被动前进的过程中，有限的自主选择变得至关重要：选择留在都市还是外调去大山？选择出轨的刺激还是回归家庭的平静？最终杉山貌似做出了正确的抉择——远离喧嚣和欲望的都市，去大山里守着寂寞，守着回归家庭的路。

此时，春天已远，夏天来临。

《茶泡饭之味》，作者的意图是描述夫妻爱情的理想存续状态。故事除了从女性的角度看待男人的优缺点，也试着从男性的立场阐述男人的特点。

出身长野农村的佐竹茂吉与千金小姐妙子相亲结婚，出身差异造就生活习惯的截然不同：一个偏好粗茶淡饭、淳朴自然；一个追求精致生活、浪漫享受。婚后多年，出身问题始终横亘在夫妻之间，成为许多矛盾的激化点。

最后二人误解消融，一起吃了顿朴素美味的茶泡饭。故事至此，过去的冲突早已烟消云散，字里行间弥漫着茶泡饭的滋味——淡淡的,暖暖的,简单且包容,清爽留余香。这不仅是茶泡饭之味,也是作者想表达的夫妻间的况味吧。

世事喧嚣,不如一起吃顿茶泡饭吧。

《浮草》中的男主人公是歌舞伎戏班班主驹十郎,他领着一众戏班成员,行走江湖,过着浮萍般的漂泊生活。两个情人,一个儿子,与爱情有关,与婚姻无缘,所以驹十郎注定了一生漂泊不定。在小津作品中,这篇故事罕见地设置了多处紧张刺激的戏剧性场面,也被称作"小津歌舞伎"。

三

关于自己的作品,小津安二郎有这样一番表述:"比起故事本身,我更想刻画诸如轮回啦、无常啦这样一些深刻的东西。迄今为止这是最辛苦的……电影也是如此,不要推到最后,我想留有余白,让余白发酵成绵长的余味。"(日本《电影旬报》1952年6月上旬号)

翻译过程中,再普通不过的家长里短,看似寻常的对白场景,不知不觉间便入了心,仿佛小桥流水,叮叮咚咚,声声扣着心扉,又像是一杯岁月的醇酿,入口平淡,回味绵长。是了,这便是大师的深刻和余味。

譬如说吧:

《晚春》中纪子和服部沙丘上的对话——

> 纪子　是啊，我切的咸萝卜，总是连着不断呢。
>
> 服部　那不过是菜刀和砧板间的对应关系，可是咸萝卜跟吃醋，二者之间，哪有什么有机的关联啊？
>
> 纪子　那你喜欢吃吗？连着的咸萝卜？
>
> 服部　偶尔吃吃也还不错吧，连在一起的咸萝卜呢——

到后来，不甘心的服部再次抛出纪子的"连着不断的咸萝卜"，而纪子只淡淡回了一句"菜刀钝了"。一句足矣，往事远矣。

《东京物语》中上野公园里老夫妻的对白最简单也最耐人寻味——

> 周吉　哎，这城市可真大呀。
>
> 富美　是啊。要是不小心在这里走散了，怕是一辈子都见不着面喽。

《麦秋》最后，老夫妻坐在大和乡下的祖屋，眺望着成熟的麦田，看到送亲的队伍从田间走过，便想起了远嫁的女儿——

> 志希　——纪子，也不知道现在怎样了……

周吉　唔……一家人就这么散开了……不过啊，我们已经很不错啦……

志希　……经历了那么多事情……活了这么长的时间……

周吉　唔……人的欲望是没有止境的呢……

志希　嗯……可是，我们真的幸福过呢……

周吉　唔……

一句"幸福过呢"，听来真是滋味万千啊。

人生是什么？是父母子女一场却终要离散，是矛盾无处不在，是"未觉池塘春草梦，阶前梧叶已秋声"……

人生还是什么？《秋刀鱼之味》中，晚景凄凉的佐久间老先生说："人生一世，到头来终究是一个人啊……"

人生还是什么？《小早川家之秋》中，借农夫之口如是说："不断地死去，不断地出生，生命就是这样循环往复啊……"

人生还是什么？《彼岸花》说，是"今天贺喜明天奔丧"。一句话，褫其华衮示其本相，赤裸裸的人生本就这么残酷。平山刚参加完好友河合千金的结婚典礼，第二天就要参加某某友人的告别仪式。忙忙碌碌间无非是喜迎与哀别。但谁又能停下奔忙的脚步？！

读懂小津的余味，你便读懂了人生。

四

纠缠山峦的烟霭散尽

春日在晴空下盛放

樱花烂漫,撩拨着我的思绪

此间,我沉湎于《秋刀鱼之味》

残樱零落忧思百结

清酒如药苦入愁肠

……

这是1962年4月9日,小津安二郎在创作剧本《秋刀鱼之味》期间写下的日记。就在两个月前,小津遭遇了丧母之痛,给予他无限疼爱的老母亲撒手人寰。

人生美好时,如春樱盛大开放。但盛到极致必是衰败,秋冬总归要来。《秋刀鱼之味》完成后的第二年冬天,即1963年12月12日,小津60岁生日当天,他如同一个洞悉生命真相的智者,释然放手,奔赴下一场命运而去。

2019年12月,我着手翻译小津先生的经典作品。12月12日清晨,窗外大雪纷飞,我阅读着小津先生的生平,思绪亦如纷飞的大雪。

茫茫白雪中,北镰仓圆觉寺内,一座"无"字碑兀然而立。碑下,沉睡着被誉为"最日本的导演"小津安二郎。

一个用诸多优秀作品温暖着人世的导演、剧作家,墓碑上的"无"字,亦如他的作品,留给世人无限言说的空间。而他转身离去,渐行渐远,直至跟天地融为一体。

火葬场烟囱冒出的青烟随风飘散。亲友们抱着骨灰去往饭店,途中经过一座桥。桥上停着黑色的乌鸦,河滩上也有几只乌鸦正在觅食,有一只栖落在石佛的头顶。

这是《小早川家之秋》最后一幕。寥寥几笔,便将人们的目光从悲情的家族故事引向高处。

深陷其中,是故事。读懂了,便是人生。

抬头,佛祖无喜无悲。

2021 年 10 月 15 日

译者 | 张丽娟

诗人,日语翻译家。
山东龙口人。
曾旅居日本多年。
译有中原中也诗集《山羊之歌》(2019年)。

编者说明

小津安二郎为日本著名导演，创造了独特的电影美学，不仅影响了日本乃至世界电影史的发展，也影响了日本现代生活美学以及人们对日常生活的态度。

"小津安二郎经典作品集"共4册，收录了小津安二郎12部（1949—1962年）代表作。本册收录了其中三部剧本：《东京物语》《早春》《东京暮色》。

本作品集以井上和男编定的《小津安二郎全集》为底本。井上和男先生是日本著名导演，曾师从小津安二郎。

考虑到剧本的时代原因和表演属性，本书中标点符号的处理以尊重原文为主，不强作规范。特此敬告读者。

作家榜®经典名著

读经典名著，认准作家榜

作家榜，创立于 2006 年的知名文化品牌，致力于促进全民阅读，推广全球经典，连续 13 年发布作家富豪榜系列榜单，引发各大媒体关注华语作家，努力打造"中国文化界奥斯卡"。

旗下图书品牌"作家榜经典名著"系列，精选经典中的经典，凭借好译本、优品质、高颜值的精品经典图书，成为全网常年热销的国民阅读品牌，在新一代读者中享有盛誉。

经典就读作家榜
京东官方旗舰店

经典就读作家榜
当当官方旗舰店

经典就读作家榜
天猫官方旗舰店

经典就读作家榜
拼多多旗舰店

| 策　　划 | |
| 出　　品 | 作家榜 |

出 品 人	吴怀尧
总 编 辑	周公度
产品经理	廖　珂
美术编辑	陈　芮
全书绘图	［韩］Haam juhae
封面设计	古诗铭
产品监制	陈　俊
特约印制	朱　毓

| 版权所有 | 大星文化 |
| 官方电话 | 021-60839180 |

作家榜抖音号
每周直播荐好书

作家榜官方微博
经典好书免费送

百态人生
尽在故事会

图书在版编目(CIP)数据

东京物语:小津安二郎经典作品集/(日)小津安二郎,(日)野田高梧著;张丽娟译. -- 杭州:浙江文艺出版社,2022.6
(作家榜经典名著)
ISBN 978-7-5339-6826-7

Ⅰ.①东… Ⅱ.①小… ②野… ③张… Ⅲ.①电影文学剧本-作品集-日本-现代 Ⅳ.①I313.35
中国版本图书馆CIP数据核字(2022)第057346号

责任编辑:余文军

东京物语
小津安二郎经典作品集

[日] 小津安二郎 [日] 野田高梧 著
张丽娟 译

全案策划

大星(上海)文化传媒有限公司

出版发行

浙江文艺出版社

杭州市体育场路347号 邮编 310006

浙江省新华书店集团有限公司 经销

浙江新华数码印务有限公司 印刷

2022年6月第1版 2022年6月第1次印刷
889毫米×1194毫米 32开本 15.375印张
印数:1—8000 字数:307千字
书号:ISBN 978-7-5339-6826-7
定价:58.00元

版权所有 侵权必究
(如有印装质量问题影响阅读,请联系021-60839180调换)